一个作家的午后

北京联合出版公司
Beijing United Publishing Co.,Ltd.

[美] 菲茨杰拉德 著　汪畅 译

只 为 优 质 阅 读

好
读

Goodreads

目录

短篇小说

随笔

短篇小说

一个作家的午后

一

醒来后，他感觉自己比几个星期前好多了。然而，他不得不接受一个显而易见的事实——他不再生病了。他试着在卧室和浴室之间的门框上靠了一会儿，感觉不到一点儿眩晕，甚至弯腰从床底抽出拖鞋时也没有任何不适。

那是一个阳光明媚的四月早晨，他不知道现在是几点了，因为他的钟早就不上发条了。他穿过公寓来到厨房时，发现女儿吃过早饭离开了，邮件也已经送达了，所以他推测现在已经九点多了。

"我今天准备出趟门。"他对女佣说道。

"出门走走对你的健康有好处。今天的天气也很好。"她来自新奥尔良，有着阿拉伯人的肤色和相貌。

"我要两片昨天那种熟度的煎蛋，还要一片烤面包、一杯橙汁和一杯茶。"

他在女儿卧室旁逗留了一会儿，看了看堆成一沓的邮件。大部分都是账单和广告，上面时常印着一个看起来像是俄克拉何马在校生的男孩和他那令人瞠目结舌的签名唱片。总的来说，翻阅这些邮件只会徒增烦恼，毫无乐趣可言。电影制作人萨姆·戈德温可能会和施佩斯维察合作拍一部芭蕾舞片，也可能不会。这一切都得等到戈德温先生从欧洲回来再说，届时他也许会带回一堆新主意。派拉蒙影业公司联系他，想要获得他书中一首诗的使用许可，但他们并不确定那首诗究竟是原作还是引用。也许，他们只是想从诗里选出一个电影名而已。不管怎样，他早在多年前就已经变卖了那本书的文字版权和音像版权，权利并不在他手里。

"我和电影就是八字不合，"他喃喃自语道，"以后别再碰不懂的事情了。"

他一边吃早饭，一边向窗外望，看到了对面校园里的大学生们正匆匆前往下一堂课的教室。

"二十年前，我这会儿也在赶去上课的路上呢。"他对女佣感叹道。

女佣露出了青涩的笑容。

"如果你等下准备出门的话，请给我留点现金吧。"

"哦，我现在还不打算出去。我还要工作两三个小时。下午晚些时候再走。"

"开车吗？"

"我才不开那辆破车呢——我情愿50美元贱卖了它。我要搭双层巴士进城。"

早饭后，他小憩了半刻钟。然后，他走进书房开始写作。

他在为一本杂志创作一篇短篇小说，但中间过渡的情节单薄到一阵微风都能将其吹散。整个故事就像没完没了的楼梯，他已经用光了所有制造悬念的技巧。他在前天着手塑造了一批无比英勇的人物形象，但这些扁平的角色就连在报纸上连载的资格都没有。

"看来我确实需要出门了，"他想，"我想开车去谢南多厄山谷，或者坐船去诺福克郡。"

但是这两个费时费力的计划都不切实际，因为他必须将本来就不够用的时间和精力都投入到写作中去。

他一边通读草稿，一边用红色蜡笔在尚好的词句下画线，接着将挑选出来的文章塞进一个文件袋里，再将余下的不紧不慢地撕成碎片，扔进废纸篓里。然后，他在书房里抽着烟，来回踱步，时不时地自言自语。

"嗯——哼，让我想想……"

"现——在，接下来，我要做的事是……"

"现在，容我捋一捋，现在……"

过了一会儿，他坐回原位，若有所悟："我只是倦了……这两天，我真不应该动笔的。"

他在笔记本中浏览着"故事灵感"标题下的文字，直到女佣前来提醒他助理打来了电话。他自从生病以来，临时雇用了一位兼职助理。

"一个字儿也没有写出来，"他说道，"我把我的草稿全撕了。它们一文不值。我今天下午准备出门走走。"

"好主意，今天的天气不错。"

"明天下午最好过来一趟——有很多邮件和账单需要处理。"

他刮完了胡子，又休息了五分钟才开始换衣服，以防在外晕倒。出门散心让他兴高采烈。他不想听到电梯门童的那句"很高兴看到您康复"，于是决定乘坐后面那栋楼的电梯，这样所有的熟人都不会碰见他了。他穿上了衣柜里最好的西装，裤子却与上衣不搭。六年来，他虽只买了两套西装，但都是极为高档的——光身上的那件外套就花了110美元。但他必须选择一个目的地，毕竟漫无目的地四处转悠并不是一件快事。他在口袋里放了一小瓶发光氨，还有一管准备去理发店使用的洗发膏。

"好一个完美的神经病！"他看着镜子里的自己，说道，"思想的产物、梦想的渣滓。"

二

他走进厨房，向女佣告别，就好像他要远赴南极似的。在战争期间，他曾为了规避"擅离职守罪"的指控，虚张声势地征用了一辆汽车，一路从纽约开到了华盛顿。如今，他小心翼翼地站在街角等着绿灯，而年轻人完全不顾来往的车辆，从他的身旁匆匆走过。拐角的大巴车站在一片绿树之下，十分凉爽。他不禁想起了杰克逊将军在弥留之际说的最后一句话："让我们渡过这条河，坐到树荫下歇息。"这些内战领袖似乎突然意识到自己是那么疲惫不堪——罗伯特·李将军成了一个认不出模样的干巴老头，尤利西斯·辛普森·格兰特上将则在临终前赶写着回忆录。

正如他所期望的那样，大巴的车顶只有他一个乘客。

在穿过一个又一个街区时，青翠的树枝敲打着每一扇车窗，奏出嘀嗒嘀嗒的声响。也许要不了多久，环卫工们就必须要修剪这些枝丫。但那样可真是太可惜了。值得驻足的好风景实在多到令人应接不暇：他努力辨认眼前一排房子的颜色，却只想起了母亲的旧歌剧斗篷。那件陈旧的衣服之所以叫不出颜色，是因为它能不断地反射光线，反倒显得色彩缤纷了。他很费解为什么某座教堂会演奏起《格里高利圣咏》，毕竟距离圣诞节还有八个月的时间。他向来不喜欢钟声，但在州长葬礼上的那曲《马里兰，我的马里兰》深深触动了他。

经过大学橄榄球场时，他看到一些人正在草坪上操作碾轧机。他突然灵光一现，想要创作一篇名叫《草皮工》或《草儿在生长》的小说，讲的是一个男人从事草皮工作多年，儿子在他的抚养下上了大学，进了校队，就在他维护的草坪上打起了橄榄球。然后，儿子不幸英年早逝。男人转去墓地干活时，没能将草皮铺在儿子的脚下，而是盖在了他的身上。这类故事是常被收入选集的典型作品，如同流行杂志上的故事一样，流于俗套，千篇一律，而他的写作风格与之格格不入。然而，许多人会认为这类故事才算绝佳，因为它们缠绵悱恻、意味深长，而且浅显易懂。

大巴驶过了一座褪色的雅典火车站，一个穿蓝衬衫、戴红帽子的人出现在正前方，他让车站重新焕发出一丝生机。进入商业街后，街道明显变窄了，忽然冒出了一群衣着鲜艳的姑娘，个个都很漂亮。他觉得自己这辈子从未见过这么美丽的女孩。大街上也有一些男人，他们看起来傻乎乎的，就像镜子里的他一样。还有一些不怎么打扮的老妇人。很快，在姑娘们中间，也出现了其貌不扬、凶神恶煞的面孔。总的来说，路人们都很亲切和善，从六岁到三十岁都穿着五颜六色的衣衫，脸上望不见算计和挣扎，只洋溢着甜蜜，既动人心弦，又气定神闲。有那么一刻，一股热爱生活的冲动在他的心头激荡，生命中的每一刻他都不想再错过。他想，也许这么早就出门是个错误。

　　他下了大巴，小心谨慎地扶着沿路的每一道栏杆，步行了一个街区，来到了一家旅馆的理发店。他在经过一家体育用品店时，向橱窗里望了一眼。除了那副有些发黑的垒手手套，再没有一件商品引起他心中的波澜。他在隔壁的服饰店里驻足了好一会儿，细细观摩着几件深色衬衫和格纹衬衫，想起了十年前的夏天，他和一些朋友在南欧买了深蓝色的工装衬衫。也许，这种款式正是从那时开始出现的。格子衬衫很好看，如同制服那般鲜亮。他真希望自己回到二十岁，穿搭齐整，前往海滩俱乐部，全身焕发出特纳水彩画中的黄昏余晖和吉多·雷尼笔下的晨曦光彩。

理发店很宽敞，里面明光瓦亮，香氛四溢。他已经好几个月没进城了，完全不知道他熟识的那位理发师患上了关节炎，卧病在床。于是，他向另一位理发师讲解了洗发膏的使用方法。这一次，他没有看报纸，而是一边悠游自在地坐着享受头皮按摩，一边在脑海中回忆着以前去过的每一家理发店。那些美好的记忆会聚在一起，在他的脑海中潺潺流淌。

1929年，他曾创作了一篇关于理发师的小说。在他当时居住的城市里，有一家他最爱光顾的理发店。理发店老板从当地一位实业家那里得到了一些小道消息，炒股一下子赚了30万美元，准备就此退休。他不玩股票，计划带着一些积蓄去欧洲生活几年。那年秋天，他听闻那位老板失去了所有的财产，于是就此写成了一篇小说。他在创作时掩盖了每一处真实的信息，只讲述了一个理发师飞黄腾达后又穷途潦倒的故事。尽管如此，城里的人还是认出了小说的原型，引发了一些人的不满。

洗发结束后，他走出理发店，进入了大厅。一支管弦乐队开始在对面的鸡尾酒吧里演奏，他在门口站了一会儿，侧耳倾听。他已经很久没有跳舞了，五年里大概只跳过两次。然而，有人在他上一本作品的书评中不仅提到他喜欢逛夜店，还称他对此"乐此不疲"。不知道哪个字触动了他，他的心立刻就碎了，软弱的泪水也在眼眶里涌动，随即背过身去。十五年前，在他刚刚踏上写作之路时，人们就说他"不是这块料"。于是，他像奴隶一样工作，卖力地雕章琢句，以免被不幸言中。

"我又开始痛苦了，"他自说自话，"不行，不行，我得回家了。"

下一班大巴还要很久才来，但他不想叫出租车，仍然想坐在车顶上，穿过林荫大道的茂盛绿叶，看看能不能收获新的灵感。最终，大巴姗姗来迟，他费了很大的力气才爬上台阶。但一切都是值得的，他望见了一对高中生情侣毫无顾忌地坐在拉斐特大将军雕像的高台上，他们的眼中只有彼此，再无其他。这种如入无人之境的状态让他感触颇深。他知道从职业作家的视角，哪怕只是将其与自己的近况做比较，也有很多内容可写。他的生活越来越封闭，他越来越需要从早已翻烂的过去中重新捡拾可用的素材。他很清楚植树造林的必要性，于是在心里默默祈祷自己的土壤还留有足够的养分。他打小就爱出风头，却不善于倾听和观察，因此他的土壤从未获得过足够的滋养。

公寓映入眼帘。在进楼之前，他抬头看了一眼位于顶楼的自家窗户。"成功作家的住处，"他念念有词，"我想知道他又在那里撕毁哪一部杰作的草稿？要是坐下来拿起笔就能写，想什么时候写就什么时候写，想去哪里写就去哪里写，那会是多么美妙的天赋呀！"

他的孩子还没回家，但女佣从厨房里迎出来，问候道："玩得开心吗？"

"不能更开心了，"他回答道，"我滑了旱冰，打了保龄球，还和摔跤运动员过了两招儿，最后在土耳其浴场泡了个澡。有我的电报吗？"

"一封也没有。"

"给我来一杯牛奶，好吗？"

说罢，他穿过餐厅，走进书房。夕阳的余晖倾洒在他那两千本藏书上，反射而来的刺眼光芒让他一时失明。他疲惫不堪，准备先上床躺十分钟，然后试着利用晚饭前的两个小时，构思一个新故事。

本篇刊登于《君子》杂志

1936年8月

资助芬尼根

一

坎农先生是我和芬尼根共同的文学经纪人，负责推销我们的作品。我经常在芬尼根来访前后前往坎农先生的办公室，但我从未和芬尼根本人打过照面。更巧的是，我们的出版社也是同一家。但往往芬尼根前脚刚离开，我后脚才抵达出版社。

"唉，芬尼根……"

"啊，没错，芬尼根之前来过。"

这位著名作家的来访并不平静。编辑的只言片语似乎在暗示，他在离开时带走了某样东西。我猜是原稿，这也许会成为他最成功的小说之一。这是他的第十部作品，他应该是收回了之前递交的稿件，准备做最后的修改，以追求流畅、睿智的效果，这正是他的作品与众不同的地方。

后来，我逐渐了解到，原来芬尼根的大多数来访都只是为了钱。

"你要走了吗？真可惜，"坎农先生和我说，"芬尼根明天会来。"他在一阵深思熟虑的沉默后，继续说道，"我大概要再花一些时间和他好好谈谈。"

坎农先生说这话的口吻让我想起了那位紧张不安的银行行长：他在得知臭名昭著的劫匪约翰·迪林格在附近出没后，和我说话时也是这番腔调。

坎农先生望向远方，仿佛在喃喃自语："当然，他可能会捎来一份手稿。你也知道，他正在写一部小说，还有一出戏剧。"

他仿佛在描述什么有趣但久远的事情（如十六世纪意大利文艺复兴时期的作品），但他的眼睛闪烁出了零星的希望，补充道："或许，会带来一篇短篇小说。"

"他相当多才多艺，对吧？"我问道。

"噢，是的，"坎农先生立刻打起了精神，急忙说道，"他能做成任何事情——只要他用心去做。我从来没有见过像他那样的天才。"

"不过，我最近没怎么看到他的新作。"

"噢，那是因为他一直在埋头创作。有些杂志已经保留了他的稿件。"

"那为什么迟迟不发表呢？"

"噢，那是因为他们在等待一个更加合适的时机——一个上升期。他们觉得手里持有芬尼根的作品，是一件好事。"

他确实称得上重量级的一号人物，第一篇作品就取得了辉煌的成就。即使他没能继续保持当初耀眼的水准，用不了几年也会重新发光发热。

在美国文坛，芬尼根是常青的希望之星。他的遣词造句闪闪发光、熠熠生辉，令人叹为观止。每一个句子、每一个段落和每一个章节都是他精雕细琢的杰作。有一天，我遇到了一位可怜的电影编剧，他正在尽心竭力地将芬尼根的一部作品改编成一个合乎逻辑的剧本。他的话方才让我意识到，原来芬尼根也有仇敌。

"阅读他的作品，万事皆好，"这个人转而厌恶地说道，"但改编他的故事，就像被关在疯人院里那般煎熬。"

我离开了坎农先生的办公室，前往第五大道，会见我的出版商乔治·贾格斯先生。没多久，我同样从他的口中听闻了芬尼根明天将会来访的消息。

芬尼根身虽未至，但他那拖得长长的黑影早已降临。

我本以为可以利用午餐的时间和乔治·贾格斯商讨我自己的作品，结果他长篇大论地谈论着芬尼根。我再一次有了相同的感受：眼前的人不是在同我说话，而是在自言自语。

"芬尼根是个伟大的作家。"他说。

"毋庸置疑。"

"你知道的，他的状态真的没有一点儿问题。"

我从来没有质疑过这一事实，于是询问道："有人说他的不是吗？"

"噢，没有人这么做，"他急忙回答道，"只是他最近的运气不太好。"

我同情地摇了摇头。"我能理解。跳入一个空了一半的泳池的确是一件倒霉事。"

"噢，不是空了一半。里面注满了水。都快要从池边溢出来了。你真应该听听芬尼根本人是怎么描述这件事的——他据此创作了一个滑稽透顶的故事。你知道的，他当时看起来就像是从高处俯冲而下，其实只是从池边跳了下去。"贾格斯先生用刀叉指着餐桌，接着说道，"他看见几个年轻的姑娘从五米高的跳板上一跃而下。他说，这一幕让他想到了逝去的青春，于是就上去做了同样的事情，而且做出了相当优雅的天鹅式跳水动作——但他的翅膀在半空中折断了。"他急切地望向我，问道，"你难道没听说过这样的事情吗？比如，一个棒球运动员在赛场上猛地把自己的肩膀甩脱臼什么的。"

当时我还真没想起任何相似的骨科事故。

"接下来，"他继续神情恍惚地说道，"芬尼根不得不在天花板上创作。"

"什么？天花板吗？"

"基本上就是这样。他没有放弃写作——那个家伙很有魄力。说起来你可能不信，他在天花板上悬挂了一个装置，平躺在床上，在空中写作。"

我不得不承认，这一举动的确很有勇气。

"他的创作有没有因此受到影响？"我好奇地问道，"你是不是需要倒着读他的故事——就像读中文那样？"

"有一段时间，他的文字的确让我摸不着头脑。"他坦白答道，"现在好多了。我收到了他的几份稿件，读起来更像以前的芬尼根了——充满生机、希望和对未来的筹划……"

他脸上再次流露出那种恍惚的神情。我见状，急忙把话题转移到了我心心念念的事情上。直到我们回到他的办公室，他才再次谈起芬尼根。现在，即使我在写下这些文字，也仍然羞愧得满脸通红。我需要忏悔我做了一件平日里很少做的事情：偷看别人的电报。当时，贾格斯先生在大厅里遇到了熟人，于是我先去他的办公室等他，看见了那封在我面前敞开着的电报：

只要50，我可以拿来支付打字员的工资，理个发，再买支铅笔。生活已经毫无希望可言，我终日都靠着捎来好消息的美梦过活。

芬尼根

我简直不敢相信自己的眼睛——50美元！我之前碰巧听闻，芬尼根短篇小说的稿费明明在3000美元左右。乔治·贾格斯进门时，我还呆呆地盯着电报，久久没有回过神来。他读完后，用极度忧虑的目光望着我。

"我不知道该怎么做。怎么做才能对得住我的良心？"他说道。

我赶忙环顾四望，想要确定自己到底是否身处纽约一家生意兴隆的出版社当中。接着，我明白了，我误读了那封电报。芬尼根要求预付的不是50，而是50千，也就是5万美元。不管作者是谁，这一要求都会让出版社感到震惊。

"就在上个星期，"贾格斯先生闷闷不乐地说道，"我给他寄了100美元。我的部门每个季度都在亏损。我再也不敢和我的合伙人说实话了。我从我自己的口袋里掏了那100美元——放弃了先前相中的一套西装和一双皮鞋。"

"你的意思是，芬尼根破产了吗？"

"破产！"他看着我，无声地笑了起来。老实说，我不太喜欢他的笑。我哥哥在神经功能障碍发作时也是这副模样——又跑题了。过了一会儿，他恢复了平静，问道："你不会把这件事说出去的，对吧？事实是，芬尼根在过去的几年里，一直在走下坡路。他遭受了一次又一次打击，现在他正在摆脱窘境，我知道我们一定会拿回每一分——"他想临时换一个词，但"给他的钱"还是从口中溜了出来。这一次，急着转移话题的人变成了他。

千万别以为芬尼根成了我在纽约一周的头等大事。尽管这个名字的确避无可避，但那也仅仅是因为我难免经常出没于经纪人和出版商的办公室。例如，两天后，我在坎农先生的办公室里，他不经意接通了和乔治·贾格斯的电话。你看，我仅能听到电话一端的声音，所以顶多算"半窃听"。这总不至于像听到全部对话那样糟糕。

"但我感觉他身体很好……几个月前，他确实谈到他的心脏出了一些状况，但我知道他并无大碍……是的，他说他想做一个手术——我猜他想说的是癌症……我本来想告诉他，如果我付得起钱的话，其实我也有一个小手术要做……嗯，这话我没说出口。他的状态似乎很好。如果在这个时候扫了他的兴，可不是个好主意。他今天开始动笔写小说，还在电话里给我读了几段……"

"我确实给了他25美元，因为他口袋里一美分也没有了……噢，是的——我相信他现在已经完全好了。他听起来充满干劲。"

我明白了。这两个人已经私下结盟，为芬尼根的事加油打气。他们对芬尼根的投资，对他未来的投资，已经达到了相当大的数额。芬尼根是属于他们的资产。他们无法忍受任何一句不利于芬尼根的言论——即使那些话出自他们自己之口。

二

我跟坎农先生袒露了我的真实想法："如果这个芬尼根当真在骗你们，你就不能这样没完没了地给他钱。如果他玩完了，那么他就是玩完了。这是没有办法的事。你不该因为芬尼根去跳空了一半的泳池而推迟了自己的手术。这也太荒谬了！"

"注满了水，"坎农先生耐心地解释道，"都快要从池边溢出来了。"

"好吧，不管是满还是空，这个人听起来都不是个省油的灯。"

"听我说，"坎农说道，"我马上要和好莱坞那边通个电话。在此期间，你可以先读读这个。"说罢，他把一份稿件扔到了我的腿上，"也许看完后，你就能理解了。这是他昨天送来的。"

我带着厌恶的情绪，翻开了这部短篇小说。还没读上五分钟，我就完全沉浸其中，如痴如醉，心悦诚服。我甚至向上帝祈祷，赐予我相同的写作天赋。当坎农挂断电话时，我请他再多给我一些时间。读完后，我这双冷峻又沧桑的眼里不禁噙满了泪水。国内任何杂志要是得知此事，必定会将其刊登在头版头条之上。

不过，话又说回来，本来就没有人质疑过芬尼根的写作能力。

三

几个月过去了，我重回纽约。这一次，经纪人和出版商的办公室突然变成了一个宁静祥和的世界。我终于可以谈谈我自己那灵感不足但尽职尽责的文学追求了。我去乡下拜访坎农先生，又和乔治·贾格斯一起消磨夏夜，观赏着纽约的星光垂直而下，就像迟迟不肯弥散的闪电一般落在餐馆花园里。此时此刻，芬尼根很可能已经抵达北极，事实也的确如此：他组织了一大伙人（包括三位布林莫尔学院的人类学家）奔赴极地，计划住上几个月。听上去，他可能会在那里汲取大量的创作素材。然而，不知何故，整件事总让我联想到一场盛大的狂欢派对。也许，是我那愤世嫉俗、满腹狐疑的性格在作祟吧。

"我们都很高兴，"坎农说，"这对他来说是天赐良机。他早已经受够了，他所需要的正是那个——那个——"

"冰与雪。"我替他说道。

"没错，冰与雪。他临行前说的最后一句话完全是他的风格。无论他写的是什么，都将是纯白无瑕的——反射出一种炫目的光芒。"

"嗯，我已经可以想象到了。请先告诉我，谁资助了这次行动？我上次来的时候，听说他已经破产了。"

"噢，他对这件事处理得相当体面。他欠了我一些钱，我相信他也欠乔治·贾格斯一些……"坎农居然还"相信"这个老奸巨猾之人，"他对这一切心知肚明——所以，他在出发之前，将大部分人寿保险的受益人都转投到了我们的名下，以防万一。当然了，探险活动是很危险的。"

"我想，的确如此。"我回应道，"尤其在还有三位人类学家为伴的情况下。"

"所以万一发生什么意外，贾格斯和我的权益也是绝对不会遭受损失的——就是这么简单。"

"那这次旅行是由人寿保险公司出钱的吗？"我的这一问题明显扰动了他那不安的神经。

"噢，不是的。实际上，当保险公司接到转让受益人的申请时有些疑虑。乔治·贾格斯和我看到他为了写成一本书制订了这么明确的计划，觉得有必要再资助他一些钱。"

"我倒是没看出这一点。"我直截了当地说道。

"你难道看不出来吗？"他的眼睛里又透露出以往那

种烦躁的神色，"好吧，我承认我们有过迟疑。原则上来说，我知道这么做是不妥的。我过去时常会给作者预付一小笔稿费，但这些年来，我决定不再这样做了——而且一直恪守至今。在过去的两年里，我只为玛格利特·特拉希尔破例过一次。你认识她吗？她当时的处境很艰难。顺便说一句，她是芬尼根的前女友之一。"

"你忘了，我连芬尼根本人都还没打过照面呢。"

"噢，对了，等他回来的时候，你一定得见见他——如果他能安全回来的话。你会喜欢他的，他非常有魅力。"

又一次，我离开纽约，去往我心中的北极。夏、秋两季过去后，当十一月的第一缕冷空气袭来时，我想起了芬尼根的探险之旅，不禁打了个寒战，我对这个人的嫉妒之情已然烟消云散。他很可能已经满载着文学或人类学的战利品凯旋。然而，我回到纽约还不到三天，就在报纸上看到了一则噩耗：他和同伴在食物耗尽后，走进了一场暴风雪中，又有人在北极牺牲了。

我为芬尼根感到难过，但实事求是地说，同时我也为坎农和贾格斯没有遭受更多的损失而感到高兴。当然，芬尼根刚刚遇难，希望我的措辞不会加剧他人的痛苦。他们俩对钱的事只字未提，但据我了解，保险公司已经放弃了所谓的"人身保护令"（或者其他诸如此类的行话）。总之，他们似乎很确定会收到赔偿金。

我在乔治·贾格斯的办公室时，芬尼根的儿子——一个英俊的年轻人——走了进来。从他身上，我可以猜出芬尼根的魅力——他有着一种害羞的坦率，内心仿佛沉浸在一场十分英勇却难以言说的战役当中——但他可以在作品中有力地将其表现出来。

"这孩子写得也很好，"贾格斯在他走后说道，"他捎来了一些很不错的诗歌。他还没准备好继承他父亲的衣钵，但他绝对是个好苗子。"

"我可以看一看他的作品吗？"

"当然可以，这就是他刚刚留下的一首诗。"

贾格斯从桌上拿起一张稿纸，摊开，清了清嗓子，然后眯起眼睛，在椅子前微微弯下腰，开口朗读。

"亲爱的贾格斯先生，我不想当面请求你……"

贾格斯立刻闭上了嘴，眼睛飞快地往后读。

"他想要多少？"我直接问道。

他叹了口气。

"看他的样子，我还以为他是来给我送稿子的。"他用痛苦的声调说道。

"看上去的确如此，"我安慰道，"不过，他的确还没准备好继承他父亲的衣钵。"

后来，我很后悔自己说了这句话。毕竟，芬尼根已经还清了他的债务。如今，书不再被视为一种多余的奢侈品，作家的好日子回来了。在我认识的作家中，许多人都在大萧条时期省吃俭用；现在，有些人开始了推迟已久的旅行，有些人偿还了抵押贷款，还有些人写出了那种只有在闲暇安逸中才能写出的作品。我也刚刚拿到了好莱坞的1000美元预付款，准备带着过去那种有梦想就能实现的精气神展翅高飞。当我正要去跟坎农结账告别时，我高兴地发现他也赚了一笔——他还邀请我去看他相中的一艘汽艇。

但临走前，一些突发情况拖住了他的后腿。我等得不耐烦了，决定不去了。我敲了敲里间办公室的门，没有人回应，索性开门而入。

办公室里看起来有些凌乱。坎农先生同时接通了好几个电话，向速记员口述有关一家保险公司的情况。一个秘书急匆匆地戴上帽子，穿上外衣，好像是要外出办事；另一个秘书则在清点钱包里的钞票。

"再给我一分钟就好，"坎农说道，"只是办公室的小骚乱——你从没见过我们这样。"

"是因为芬尼根的保险吗？"我忍不住问道，"出什么问题了吗？"

"他的保险——哦，非常好，完全没有问题。我们只是一时凑不出几百美元了。银行现在关门了，我们都在想办法。"

"我口袋里还有你刚给我的钱，"我说道，"前往西海岸不需要这么多钱。"于是，我抽出了几张百元大钞，问道，"这些够了吗？"

"那太好了——你拯救了我们。没事了，卡尔森小姐。梅普斯夫人，你也不必出门了。"

"我想，我该走了。"我说。

"就等两分钟，"他急忙说道，"我只需要电汇这笔钱。这是一个天大的好消息，保证你看完之后也会欢欣鼓舞。"

那是一封来自挪威首都奥斯陆的电报——我在读之前就已经有所预感。

我大难不死，但当局暂时扣留了我。请电汇四人的通行费和额外的两百美元。我从亡灵那里带回了很多问候。

芬尼根

　　"是的，极好的消息。"我应和道，"他现在有好故事可讲了。"

　　"必需的，"坎农说道，"卡尔森小姐，你给那些女孩的父母发个电报，好吗？最好再通知一下贾格斯先生。"

　　几分钟后，当我们沿着街道前行时，我发现坎农先生似乎被这则不可思议的消息冲昏了头脑，陷入沉思之中。我没有打扰他，因为毕竟我不认识芬尼根，无法对他的喜悦感同身受。他的沉默一直持续到我们走到汽艇展的大门口。他在招牌下停下了脚步，抬头看了看，好像方才意识到我们要去哪里。

　　"哦，我的天哪，"他一边说，一边向后退了一步，"现在进去也没用了。我还以为我们要出去喝一杯呢。"

　　于是，我们转而去了酒吧。坎农先生仍然有些晕头转向，完全出乎意料的惊喜让他不禁有些神魂颠倒。结账时，他在口袋里摸索了很长时间，也没能掏出一个子儿。我坚持为他买了单。

我想，他一定在整个过程中都处于精神恍惚的状态。否则，像他这样一丝不苟的人，绝不可能在寄给我的对账单上遗漏了当初我在办公室拿给他的200美元。不过，我想，他迟早有一天会拿回这笔钱的，因为芬尼根早晚会东山再起。我知道，人们会叫嚷着要读他的小说。

　　近来，我私自调查了关于芬尼根的一些事迹，发现其中大多数都是假的，就像那个空了一半的泳池一样。

　　那个泳池注满了水，都快要从池边溢出来了。

　　到目前为止，芬尼根只写出了一个关于极地探险的短篇故事和一则爱情故事。也许，这个主题远没有他设想的那么宏大。好在电影圈对他饶有兴趣——如果他们能事先好好考量这个人的话，我有充分的理由相信他会大获成功。他会成功的。

本篇刊登于《君子》杂志

1938年1月

迷失的十年

在这家新闻周刊的办公室里，每天都会拥进形形色色的人，而奥瑞森·布朗正打理着形形色色的人际关系。在工作时间之外，他是"众编辑之一"；在工作时间之内，他只是一个平平无奇的卷发男人。一年前，他还在达特茅斯学院担任《南瓜灯》杂志的编辑；现如今，他心甘情愿地坐在办公室里，干着那些没人愿意干的杂活儿——无论是挑拣出印刷重影的报纸，还是跑腿传话——他都照单全收。

　　奥瑞森望见一位来访者向编辑室走去。那是一个四十岁左右的人，一头金发，脸色苍白，身材高大。他的举止既不腼腆，也不胆怯，更不像僧侣那般超尘出俗，但三者兼而有之。名片上的"路易斯·特林布尔"勾起了他模糊的记忆，但怎么也拼凑不出完整的画面。办公桌上的呼叫器响了起来，他随即不再苦苦思索。过往的经验提前告诉他，这位特林布尔先生将会是他午餐的头盘菜。

"这位是布朗先生，这位是特林布尔先生。"请吃午饭的金主说道，"奥瑞森，特林布尔先生好长时间没来了。也许，他觉得是好长时间——差不多十二年了。还有一些人认为错过那十年反倒是一件幸事。"

"的确如此。"特林布尔回应道。

"我今天没空吃午饭了，"金主继续说道，"带他去沃西恩酒店，或者21号餐厅，或者他想去的任何地方。特林布尔先生觉得附近有太多新鲜事物没有见过了。"

特林布尔彬彬有礼地婉拒道："哦，我想我可以自己四处转一转。"

"我知道，老伙计，没有人比你更熟悉这个地方了。如果布朗和你解释起了为什么汽车没有马拉着也能走，你就把他赶回来。你自己应该能在下午四点回来，对吧？"

奥瑞森戴上了帽子。

"你离开十年了？"他们乘电梯下楼时，他问道。

"是的，那时他们刚刚开始建造帝国大厦。"特林布尔回答道。

"那是什么年代的事了？"

"1928年左右。但正如你的老板所说，错过了很多并非一件不幸之事。"接着，他又谨慎地补充道，"没准能因此看到更加新奇的事物。"

"这我可不好说。"

一走到大街上，车辆的轰鸣声立刻让特林布尔不由得绷紧了脸。奥瑞森见到这一幕，心中有了另一番猜想。

"你之前是不是远离了文明世界？"

"在某种意义上，的确如此。"他的回答分寸拿捏得恰到好处。奥瑞森由此断定，这个人除非自己愿意，否则是不会与人交心的。与此同时，他又开始了新一轮的猜想：特林布尔很可能在监狱或疯人院里度过了二十世纪三十年代。

"这就是鼎鼎有名的21号餐厅，"他转而问道，"或者，你想去别的地方吃饭吗？"

特林布尔停下脚步，细细观摩着这座褐沙石墙的建筑物。

"我还记得21号是从什么时候开始打响名号的，"他说道，"大概是和莫里亚蒂同一年。"然后，他似乎带着几分歉意继续说道，"我想我们可以沿着第五大道走上五分钟，随便找个地方吃饭。我想看看现在的年轻人。"

奥瑞森飞快地瞥了他一眼，脑海中又浮现出了灰墙、铁栏和囚窗。他不禁在心里琢磨：为特林布尔先生物色一些听话的女孩是否包含在他的工作职责当中？不过，特林布尔看起来并没有这方面的打算——他的脸写满了纯粹和深切的好奇。奥瑞森在脑海中搜寻着前往南极探测的海军上将伯德和他的队员，以及在巴西雨林中失踪的飞行员，试图将他们与眼前这个男人的名字联系起来。显而易见，他现在是（或者过去也是）一号大人物。奥瑞森观察到，这位同胞严格遵守红绿灯的指示，喜欢靠边沿着商铺行走，而不爱走在大街上。这是唯一的线索，但奥瑞森完全无法从中推测出任何有用的背景信息。

特林布尔在一家男装店前停了下来，透过橱窗，目不转睛地注视着。

"绉布领带，"他感叹道，"大学毕业后，我就再没见过了。"

"你上的是哪所大学呀？"

"麻省理工。"

"那可是所好大学。"

"我下周会回母校看一看。我们就在这附近找个地方吃饭吧。你来选。"

他们已经从21号一路走到了60号。

在拐角处，他们经过了一家不错的餐厅，门外还有一小片户外就餐的帆布遮篷。

"你最想看看什么？"奥瑞森在就座后问道。

特林布尔思索了片刻，回答道："嗯，我想看看人们的后脑勺。他们的脖子——脑袋与身体的连接方式。我想听听那两个小女孩对她们的父亲说了些什么。或者更准确地说，我不在意对话的内容，只是想听听那些话是用什么语气说出来的，是昂扬，还是低沉？我还想看看他们在讲完话之后，嘴巴是如何合上的。一切都与节奏有关——大音乐家科尔·波特之所以在1928年回到美国，就是因为他觉得这里有了新的节奏。"

奥瑞森听完这番话，确信自己获得了新线索。这一回，他没有急着追问，甚至在想到今晚卡内基音乐厅会有一场精彩的音乐会时，也小心翼翼地抑制住了分享的冲动。

"勺子的重量，"特林布尔继续说道，"太轻了。一个小碗、一根面包。还有那个轻微斜视的服务员。我和他有过一面之缘，但他不记得我了。"

当他们离开餐厅时，那个服务员一脸迷惑地盯着特林布尔，仿佛认出了他似的。

"十年能让人遗忘很多东西。"奥瑞森在他们走到街上时，笑着说道。

"哦，我去年五月来过这家餐厅。"特林布尔还没等他说完，就打断了他。

奥瑞森觉得之前好不容易理清的思绪一下子全都乱了套，索性安心做一个导游。

"在这里，你可以一眼看见洛克菲勒中心。"他神采飞扬地指向远方，"还有克莱斯勒大厦和阿米斯特德大厦，它们是所有新建筑的鼻祖。"

"阿米斯特德大厦，"特林布尔抻长脖子望去，"没错，是我设计的。"

奥瑞森在惊喜中频频摇头——他经常与形形色色的人一起外出，但刚刚的话和"我去年五月来过这家餐厅"完全不是一个级别。

他们来到大厦的脚下，柱顶的黄铜碑铭上写着"建于1928年"。

特林布尔点了点头，说道："那一年，我喝了很多酒，醉得一塌糊涂。所以，我以前从没看过这栋大厦。"

"噢，"奥瑞森犹豫了一下，"那你现在想进去看看吗？"

"不，我进去过——很多次，只是没完整地看过它。现在，我不想看了。我也不敢看。我只想看看人们是怎么走路的，看看他们的衣服、鞋子和帽子是用什么做的。还想看看他们的眼睛和手。你介意和我握个手吗？"

"一点儿也不介意，先生。"

"谢谢，谢谢，那太好了。我想，这看起来很奇怪——人们会认为我们是在道别。我想在大街上再走一会儿，所以我们就此分别吧。记得帮我转达一下，我会在下午四点回到你们的办公室。"

奥瑞森目送特林布尔转身上路，有点儿怀疑他会去一家酒吧。但自始至终，在他身上，又一点儿也看不出想要喝酒的迹象。

"天哪，"他喃喃自语，"一醉，就醉了十年。"

他突然摸了摸外套的面料，接着伸出手，用大拇指按了按身旁那栋大厦的花岗岩外壁。

本篇刊登于《君子》杂志
1939年12月

酗酒病人

一

"把一手一松一开！噢！求你了，行吗？别再喝了！快点儿，把酒瓶给我。我不是告诉过你了吗？我会盯着你的。别闹了！你如果还是改不掉这个恶习的话，出院回家后怎么办？来，给我吧。我会给你留半瓶酒。算我求你。你忘了卡特医生是怎么说的了吗？我要么收好酒，要么每次只给你倒一点。快点儿，我和你说过多少遍了？我没力气和你争上一整晚……行吧，蠢货，随你吧，喝死为止。"

"你想来点儿啤酒吗？"他问道。

"不，我不想。我马上又要看到你烂醉如泥的样子了。我的天！"

"好吧，那我就喝点儿可口可乐吧。"

女孩坐在床上，不停地喘着气。

"你难道谁都不信了吗?

"你信的，我都不信。哎呀，别把酒洒出来了！"

她心想，其实自己不需要管那么多，更不需要尽心尽力地帮助他。

他们又抢了起来，但这一次之后，他双手抱着头，坐了一会儿，才又转过身来。

"你再抢，我就把它砸了，"她抢先说道，"我说的是真的。我会把它砸在厕所的瓷砖上。"

"那踩到碎玻璃的不是我就是你。"

"那你就放手……你之前答应过的……"

突然，酒瓶就像鱼雷一样从她的手中向下发射，红、黑两色的品牌商标"加拉哈德爵士，路易斯维尔杜松子酒"一闪而过。只见他攥着瓶颈，一下扔进了开着门的厕所里。

酒瓶在地板上摔得稀碎。一时间，房间里鸦雀无声。她读起了《飘》，沉浸在那些发生在很久以前的美好事情中。她开始担心他可能会进厕所，割伤自己的脚，于是时不时抬头看他。她太困了。最后一次抬头时，她发现他正在哭。他的模样让她想起了自己曾经在加利福尼亚州护理过的一位犹太老人。他在一天中总要没完没了地上厕所。她在心中一直对这个病人有诸多不满，但她转念又想：

"倘若我真的厌恶他的话，早就申请调岗了。"

她突然良心发现，站起身来，在厕所门前挡了一把椅子。她本来想直接睡觉的，因为那天早上他很早就叫她起来，要她去买一份报纸，上面登有耶鲁和达特茅斯比赛的新闻，而且她一整天都没能回家休息。那天下午，他的一个亲戚来探望他，而她只能在刮着穿堂风的医院大堂里等待着，身上只穿着一层单薄的制服，连一件毛衣都没披上。

她尽量为他铺好了床铺，见他瘫坐在写字台前，在他的肩上披上了一件罩袍，又在他的腿上盖了另一件。她在摇椅上坐了下来，但困意已经消散了。还有很多表格要填，于是她轻轻地四处寻找，找到了一支铅笔，开始写了起来：

脉搏120次

呼吸25次

体温98—98.4—98.2华氏度①

----

① 1华氏度 ≈ −17.22摄氏度。

她本可以在"评估"这一栏大写特写一番，但她只留下了一句话：

病人试图去抢杜松子酒，扔掉并打碎了酒瓶。

接着，她默念了修改后的版本：

酒瓶在争抢中掉在地上摔碎了。在大多数情况下，病人很难照顾。

她开始在报告中补充：我再也不想负责酗酒病人了。但这句话并不符合报告的规范。她知道，她可以在早上七点钟醒来，在他的侄女醒来之前将一切都收拾干净。这是工作的一部分。当她在椅子上坐下来，看着他苍白而疲惫的脸，数着他的呼吸时，她想不通事情为什么会变成这样。他今天的表现很好，画了一长串好玩的漫画，还送给了她。她打算把画裱起来，挂在她的房间里。她感受到他那瘦弱的手腕在和她的手腕角力，想起了他说过的那些可怕的话，又记起了医生昨天对他说的话：

"你是一个很好的人，不应该这么糟践自己。"

她太累了，暂时不想去清扫厕所里的玻璃。她想着，等到他呼吸均匀，就把他抱到床上去。但她最后还是改变了主意，决定先把玻璃碴儿收拾干净。她跪在地上，寻找着最后一块碎片，心想："这不是我该做的。这不是他应该做的。"

她愤愤不平地站起来，盯着他。从他鼻子那柔和的侧影处传来一声轻微的鼾声，那是一种遥远又悲伤的叹息。医生早已对他的病情摇过头，她也明白照顾这样一个病人已经超出了自己的能力范围。更何况，她采纳了前辈们的建议，在介绍所的名片上特别标注了"不接酗酒病人"。

她已经尽到了自己的职责，但她还是忍不住想，当她和他在房间里抢夺杜松子酒时，他曾暂停了一会儿，问她的胳膊肘是否被门撞伤了。她回答："你不知道别人是怎么议论你的，不管你怎么看待你自己——"话还没说完，她就意识到，他早就不关心这些事情了。

她拾起了所有的玻璃碴儿。接着，她拿出扫帚，准备再清扫一遍。她突然想起他们曾经隔着这扇窗对望过一会儿，而这一地玻璃碴儿连这扇窗户都拼不起来。他不知道她还有一个妹妹，也不知道她差点儿就嫁给比尔·马尔科了；她也不知道他怎么会落入如此境地。他的写字台上摆着一张他与年轻的妻子、两个儿子的合影。五年前的他一定和相片上一样，整洁利索、仪表堂堂。这一切都说不通。她给因捡玻璃碴儿而扎破的手指缠绷带时，下定决心再也不负责酗酒病人了。

二

第二天晚上，有个搞万圣节恶作剧的家伙把大巴一侧的窗户全都打破了。她怕碎玻璃会砸到自己身上，于是挪到了后排黑人区的座位上。她拿到了酗酒病人支付的支票，但此时还没来得及兑现。她的钱包里只剩一枚25美分和一枚1美分的硬币了。

她认识的两个护士正在希克森夫人所在诊所的大厅里等着她。

"你最近在负责什么病人？"

"酗酒病人。"

"哦，我想起来了——格莉塔·霍克斯告诉过我——你在照顾那个住在森林公园旅馆的漫画家。"

"是的，没错。"

"我听说他相当难伺候。"

"他从来没有给我惹过麻烦，"她撒了谎，"你们不能这样对待病人，就好像他们犯了什么罪似的……"

"哦，别担心。我只是听镇上的人这么说。哦，你知道的，他们总喜欢使唤别人。"

"哦，住口吧。"她心中的愤恨愈演愈烈，连她自己都大吃一惊。

过了一会儿，希克森夫人走了出来，示意她进办公室，让另外两个护士继续等着。

"我一向不喜欢把这类病人交给年轻姑娘，"希克森夫人开口说道，"我接到了你从旅馆打来的电话。"

"哦，希克森夫人，其实没那么糟糕。他不知道自己在做什么，也没有伤害我。我更在意的是我在您这里的信誉。他昨天一整天的状态都很好，甚至给我作了画……"

"当初我就不想让你负责这位病人。"希克森夫人翻阅了一下护士登记卡，"你愿意照看肺结核病人吗？嗯，我看到你这里填的愿意。现在有个病人是……"

电话突然响着不停。护士听着希克森夫人简洁地说着："我会尽我所能的。这完全取决于医生……那超出了我的管辖范围……哦，你好，哈蒂，不，我现在没空。你那边有擅长照顾酗酒病人的护士吗？森林公园旅馆有一个病人需要照顾。我会再打给你的，好吗？"

说完，她放下了听筒。"你在外面等着吧。他到底是个什么样的人？他的行为不得体吗？"

"我每次给他打针的时候，他都会推开我的手。"

"哦，多么不配合的病人哪。"她咕哝着说，"像他们这样的，应该去休养所。等下会有一个病人，她是个老太太，你可以负责照顾她，这样对你来说轻松一些。"

电话又响了。"哦，你好，哈蒂……那个叫斯文森的大个子女孩怎么样了？她应该有能力照顾酗酒病人……那约瑟芬·马卡姆呢？她不是住在你的公寓里吗？叫她来接电话。"过了一会儿，她说："乔，你愿意照看一个住在森林公园旅馆的名人吗？他是个漫画家，或艺术家，无所谓什么头衔啦……不，我不知道。卡特医生是他的主治医师，他会在10点钟左右过来。"

一段长时间的沉默后，希克森夫人断断续续地说："我能理解……当然，我能理解你的观点。是的，这并不危险，只是有点儿困难。我一向不喜欢送女孩去旅馆工作，因为我知道你们可能会遇到一些伪君子……不，我会找到其他人手的。现在还来得及。没关系，谢谢。告诉哈蒂，我希望这顶帽子能和那条裙子相配……"

希克森夫人挂了电话，在她面前的便笺簿上做了一些标记。她是一个做事雷厉风行的女人。她也做过护士，经历过这一行业最糟心的事情。那时，她心中充满着理想，为自己的工作而自豪，经常超负荷工作。在实习期间，她曾受到一些爱耍小聪明的实习医师的刁难，也曾受到她带的第一批病人的侮辱。这些人看她这么年轻就来照料老人，都以为她很好欺负。

她突然从桌子旁转过身来，问道："你想要负责什么类型的病人呢？我先前和你提到的老太太，她人就很好……"

护士那棕色的眼睛里闪烁着各种各样的念头——她想到了自己刚刚看了一部关于巴斯德的电影，还有学习护理课程期间读过的关于弗洛伦斯·南丁格尔的书。她又想到了身为护士的职业自豪感：在寒冷的天气里，在费城综合医院附近摇荡着穿过街道，为自己飘荡在风中的被授予初学者的披风感到骄傲，就像第一次穿着皮衣参加酒店舞会的年轻人一样。

在嘈杂的电话铃声中，她说道："我，我想再试着照看一下这位病人。如果你暂时找不到其他人选的话，我还是尽快回去吧。"

"但是前一分钟，你说你再也不接酗酒病人了；下一分钟，你又说你想回去。"

"我想是我先前把这份工作想得太难了。真的，我想我能继续照看他。"

"由你决定好了。如果他又想抓住你的手腕，你该怎么办呢？"

"他抓不住的，"护士说道，"看看我的手腕。我在韦恩斯伯勒高中打了两年篮球。我完全有能力照顾他。"

希克森夫人看了她好一阵子，说道："好，那就这样吧。你要记住，不要相信他们的醉话，那和他们清醒时说的话完全不一样。这些我都经历过了。找一个能随叫随到的服务生，因为你说不好——有些酒鬼是讨人喜欢的，有些则令人生厌，但所有的酒鬼可能都已经坏到骨子里了。"

"我记住了。"护士回答道。

她走出医院的时候，夜晚的天空出奇地晴朗，薄薄的雨夹雪倾泻而下，蓝黑色的天空被染成了白色。那辆大巴还是送她进城的那辆，但被砸破的窗户现在似乎更多了。司机看起来非常生气，愤愤地嘟囔着，但凡他抓到其中一个孩子，指不定会做出什么可怕的事情。她知道他只是在发泄怒气，就像她在心里埋怨那个酗酒病人一样。她等会儿走进房间后，发现他心神分散、孤独无助，她会既看不起他，又为他感到难过。

下了大巴后，她走下长长的台阶来到旅馆，空气中的寒气使她感到有点兴奋。她要照顾他，因为没有其他护士愿意照顾他，也因为在她这一行当中，最优秀的人都对那些没人愿意接手的病人很感兴趣。

她敲了敲他书房的门，心里很清楚自己要说什么。

他打开了门。只见他穿着晚礼服，甚至戴了一顶圆顶硬礼帽，不过没有佩戴领扣和领带。

"哦，你好，"他随口说道，"很高兴你回来了。我刚刚醒来，决定出去走走。你请到夜班护士了吗？"

"我就是来上夜班的，"她说，"我决定再值24小时的班。"

他突然露出一个和蔼而又淡然的微笑。

"我看见你走了，但直觉告诉我你会回来的。请帮我找一下领扣，它们要么应该放在一个小玳瑁盒子里，要么就在……"他抖了抖身上的衣服，把袖口塞进了衣袖里。

"我还以为你不想干了呢。"他若无其事地说道。

"我也以为我不想干了。"

"看看那张桌子，"他说，"我又给你画了一组漫画。"

"你要去见谁？"她问道。

"总统的秘书。"他回答道，"我准备了很长时间。你进来的时候，我正打算放弃。你能给我点儿白葡萄酒吗？"

"就一杯。"她有气无力地答应了。

不一会儿，他在卫生间里喊道："噢，护士、护士，我的生命之光，另一个领扣在哪儿？"

"我马上给你送来。"

她看到卫生间里的他脸色苍白，脸上就像火烧过似的。她还闻到他呼出的气中混合着薄荷和杜松子酒的味道。

"你很快就会回来吧？"她问道，"卡特医生会在10点过来。"

"一派胡言！你和我一起走。"

"我吗？！"她大声问道，"就穿这身毛衣和裙子出门吗？你怎么想得出来？"

"那我就不去了。"

"好吧，去睡觉吧。不管怎样，床才是你的好归宿。你就不能明天去见这些人吗？"

"当然不能！"

她走到他的身后，伸手越过他的肩膀，帮他系上了领带。她发现他的衬衫上插领扣的地方已经被磨烂了，于是建议道："如果你要去见你喜欢的人，为什么不换件衬衫呢？"

"好吧，但我想自己来。"

"为什么不能让我帮你？"她恼怒地问道，"为什么不让我帮你换衣服？那你要护士有什么用呢？我又能做什么呢？"

他突然一屁股坐在了马桶座圈上："好吧——你来吧。"

"别再抓着我的手了。"她说。

接着，她又说道："没关系，不要紧。你没弄疼我。你过会儿就会明白的。"

她脱下了他的外套、背心和硬领衬衫，她还没来得及把他的汗衫从他的头上脱下，他就抽起了烟。

"现在，看这招，"他说，"一——二——三。"

她拉起他的汗衫，同时，他手拿透着绯红的深灰色烟头，像匕首一样刺向自己的心脏。

他"哎哟"了一声，烟头抵在左肋骨一块一美元大小的铜片上，接着一粒滚烫的烟灰溅落在了他的肚皮上。

她想，这个时候不该再感情用事了。她知道他的珠宝盒里有三枚战争奖章，但她也亲身经历过很多险情。她曾经照顾过一个肺结核的病人，还被指派护理过一个更加危险的病人。当时，主治医生甚至没有告诉她那个病人患了什么病。她到今天都没有原谅那位医生。

"我想，你一定过了不少苦日子。"她一边轻声地说，一边用海绵擦拭他的身体，"这里永远不会痊愈吗？"

"没可能了，毕竟这是块铜片。"

"好吧，但你不能以这个为借口伤害自己。"

他那双棕色的大眼睛盯着她看，犀利的眼神看起来既冷漠又迷茫。仅仅是一秒钟的对望，他就已经向她透露出了求死的意愿。尽管她训练有素，阅历丰富，但她知道自己能给予他的帮助是十分有限的。他站了起来，在洗手池旁稳住身子，眼睛紧盯着前面的某个地方。

"从此时此刻起，只要我留在这儿，你就别想喝一口酒。"她说道。

突然，她意识到他不是在找酒，而是在盯着前一天晚上扔碎酒瓶的那个角落。她凝视着他那张英俊的脸，那是一种虚弱却充满挑衅的神情。她甚至不敢将头转过半寸，因为她知道死亡就埋伏在他注视的那个角落里。她了解死亡，听过死亡的喘息，也闻过死亡独特的气味，但在死亡侵入人的身体之前，她从未目睹过死亡本身的模样。她知道这个男人在卫生间的角落里看到了死亡的真身，而死亡也站在那里望着他。他虚弱地咳出了一口痰，然后顺手把痰擦在了裤子的流苏上。有那么一会儿，亮晶晶的浓痰顺着流苏吧嗒而下，成了他生前最后一个动作的证据。

第二天，她试着向希克森夫人解释清楚：

"无论一个人付出多大努力，都无法击败它。那个人大可把我的手腕扭伤、拉伤，这对我来说没什么大不了的。但我无法真正帮助这样的人，这才是最让我沮丧的事情。一切都是徒劳的。"

本篇刊登于《君子》杂志

1937年2月

疯狂星期天

一

　　今天是星期天。对他们来说，星期天可不是普普通通
的一天，而是两个工作日之间的宝贵假期。在此之前，生
活是布景和镜头，是麦克风升降机摇摆下的漫长等待，是
每天往返行驶160公里的车程，是在会议室里绞尽脑汁的明
争暗斗，是没完没了的妥协退让，是各路名流为生存而战
的紧张冲突……终于到了星期天，个人的生活重新拉开序
幕，前一天下午还因单调乏味而呆滞无神的眼睛里再次焕
发出了光彩。大家就像玩具店的木偶娃娃，在时间的推移
中缓慢苏醒：先是从角落里传出一群人谈笑风生的声音，
接着望见恋人们在走廊上相拥而吻。每个人的姿态都透露
出同一句潜台词："快啦，现在还不算太晚。老天有眼，
抓紧享受这四十个小时的幸福时光吧。"

然而，乔尔·科尔斯在埋头创作分镜头剧本。他二十八岁，还没有被好莱坞折磨到身心俱疲。六个月前，他去剧组报到，直接就接到了一些业内公认的"美差"。于是，他满腔热忱地完成了分场大纲和剪辑脚本。他嘴上虽然谦逊地称自己为三流写手，但心底里并不这么认为。他的母亲曾是一位成功的女演员，乔尔的童年是在伦敦和纽约之间辗转度过的。儿时的他一直在猜测何为真实、何为虚幻。如今，他已经长成一个英俊的男人，有一双讨人喜欢的褐色眼睛——和1913年他的母亲在百老汇眺望观众时的那双眼睛一样。

　　乔尔在收到工作邀约后，相信自己一定能做出一番成就。星期天，他通常闭门不出，滴酒不沾，在家继续工作。最近，他接到了尤金·奥尼尔的一部戏，女主角会由一位非常著名的演员来饰演。迈尔斯·卡尔曼是片场唯一一个不受监制管理的导演，只需要直接对投资方负责。乔尔这段时间一直都在这位导演的手下工作，卡尔曼对他的表现也很满意。看起来，乔尔的事业已然步入正轨。

　　"您好，我是迈尔斯的秘书。星期天下午四点到六点，您有时间来参加茶话会吗？——他住在比弗利山庄，门牌号是——"

挂了电话后，乔尔感到受宠若惊。这将是一场名门望族的顶级派对。这一邀约是对他作为一颗希望之星的赞扬。一些平时很难见到的大人物，各种高官、富豪、侯爵夫人，甚至像玛丽恩·戴维斯、玛琳·黛德丽和葛丽泰·嘉宝那样的当红巨星都有可能出现，在迈尔斯的豪宅中齐聚一堂。

"我绝对一口酒也不喝。"乔尔默默向自己保证。迈尔斯平日里毫不掩饰对酒鬼的不屑，想到这个行当离开了酒鬼就无法运作，不禁感到可悲。

乔尔认为写手们喝得太多了，他自己也不例外。但今天下午，他不会再喝了。他希望当服务员递来鸡尾酒的时候，迈尔斯就站在他旁边，能听到他简洁而礼貌的一句："不了，谢谢。"

迈尔斯·卡尔曼的豪宅正是为激动人心的重大时刻打造的，里面充盈着一种愿意倾听的氛围，仿佛远处寂静的风景中隐藏了一大批观众似的。今天下午，房子里挤满了人，他们像临时聘请的演员，而不是受邀而来的客人。乔尔自鸣得意地观察到，人群中只有两位剧组的编剧：一位是英国爵爷；另一位是让他颇感意外的纳特·基奥，因为纳特曾引得卡尔曼对酒鬼发表了一大通鄙夷之辞。

乔尔细心地发现，迈尔斯的夫人史黛拉·沃克在和自己交谈后，就没有继续和其他客人打招呼了。她在原地打转，迟迟不走，时不时用美妙的神情望向他，似乎在等待着他的奉承。乔尔很快就展现了从母亲那里继承来的戏剧天赋。

　　"哇，你看起来只有十六岁，你的脚踏车呢？"

　　她的脸上写满了喜悦，继续在他的身边徘徊。他觉得自己应该多说点什么，比如一些自信而轻松的话——他第一次见到她时，她正在纽约，为争取一个小角色而使尽浑身解数。这时，服务员端着一盘酒水经过，史黛拉顺手挑了一杯鸡尾酒，递到了他的手中。

　　"大家其实全都诚惶诚恐，不是吗？"他一边说，一边心不在焉地盯着手中的酒，"每个人不是在等着看他人出洋相，就是在尽力融入能给自己带来益处的小圈子。当然啦，我说的只是好莱坞的情况，今天来你家做客的人并不是那样的。"

　　史黛拉对此表示认同。她为乔尔引见了好几个人，仿佛他也是一号人物似的。他确定迈尔斯在大厅的另一端后，才放心地喝下了鸡尾酒。

　　"你已经有孩子了？"他问道，"那要小心啦。漂亮的女人生完第一个孩子后，内心往往会非常脆弱，因为她想要确定自己尚存魅力。因此，她得找个新男人，来证明自己什么也没有丢失。"

"从来没有一个男人全心全意地爱过我。"史黛拉恨恨地说道。

"那是因为他们都忌惮你的丈夫。"

"你认为是这个原因吗？"想到这一点，她不禁皱起了眉头。

接着，对话中断了，恰恰停在了乔尔精心设计的节骨眼儿上。

她的殷勤给他注入了信心。他觉得自己不必为了寻求庇护而刻意融入社交圈，也不必躲在客厅里熟人的羽翼下。于是，他走到窗前，望着外面的太平洋。夕阳缓缓落下，大海显得黯然无色。这里诸事皆好，堪称美国的里维埃拉海滨度假胜地，前提条件是你得有时间来这里享受。客厅里有穿着考究的俊男和可爱迷人的靓女，还有——嗯，可爱迷人的靓女。你不可能拥有一切。

他看着史黛拉在宾客之间来回穿行。在她那张稚气未脱的清秀面庞上，略显疲态的眼睑微微下垂。他想和她并肩而坐，促膝长谈，仿佛她只是一个女孩，而不是一个名人。他的目光一路追随着她，想看看她是否对其他人也像对他那般关心。他又端起了一杯鸡尾酒——不是因为他需要喝酒壮胆，而是因为她给了他太多的信心。接着，他径直走到导演母亲的身旁，坐了下来。

"您的儿子已经成为一个传奇了，卡尔曼夫人——像《神谕》和《真命天子》这样的作品已成经典。就我个人而言，我经常与他针锋相对。不过，我这种人只是少数。您觉得他怎么样？您为他骄傲吗？他取得了这么高的成就，您感到意外吗？"

"不，我并不感到意外，"她平心静气地答道，"我们一直都对迈尔斯寄予很高的期望。"

"嗯，这倒是挺少见的，"乔尔回应道，"我总觉得所有的母亲都像拿破仑的母亲。我妈妈就从来都不想我和娱乐圈有半毛钱的关系。她希望我考入西点军校，一辈子平平安安。"

"我们一直对迈尔斯很有信心。"

乔尔走向餐厅的吧台边，旁边那位爱喝酒的纳特·基奥正喝到兴头上。

"——我这一年赚了十万，赌博输了四万，所以我现在雇了个经理人。"

"你说的是经纪人吧？"乔尔提醒道。

"不是的。经纪人，我也有。我说的就是经理人。我把一切都交给我的老婆管理，她和经理人一起理财，最后再把钱交给我。我每年付给他五千美元，他再把我赚的钱还给我。"

"你说的还是经纪人吧？"

"不是的，我说的就是我的经理人，而且不止我一个人——很多不靠谱的人都会请个经理人。"

"好吧，既然你自己都不靠谱，那又怎么能请到靠谱的经理人呢？"

"我只是一赌起来就不靠谱。嘿，看那儿——"

歌手登台表演了，乔尔、纳特跟着其他人一起走上前去。

二

歌声模糊地传进了乔尔的耳朵里。今天欢聚一堂的宾客们让他备感亲切。他们勇敢而勤劳，远比那些无知又放荡的中产阶级好得多。十年来，娱乐至上的风潮席卷了整个国度，他们由此被推上了最显赫的地位。他真心喜欢他们，甚至爱他们。一阵阵美好的感情从他的心中不断涌出。

在歌手表演完所有的曲目后，大家一一向女主人道别。乔尔心生一计：他要为他们表演自己创作的剧目。这个表演在派对上屡试不爽，这次兴许也能逗乐史黛拉·沃克。这种乐观的预期操控了他的心智，出风头的欲望在他的血管中疯狂悸动。他走到史黛拉的面前，征求她的同意。

"当然可以，"她欢呼道，"来吧！需要什么帮助吗？"

"需要有人来演一个听我命令的秘书。"

"我来吧。"

消息从客厅里传出后，本来穿好外套已经离开的客人们又纷纷返回。乔尔招来了许多陌生人的目光，他突然意识到刚刚的歌手是一位著名的广播艺人，隐约感到一丝不妙。

有人"嘘"了一声。接着，就像印第安人包围猎物一样，人群包围了他和史黛拉。史黛拉满怀期待地朝他笑了笑——他开始了表演。

乔尔的这出滑稽戏剧拿没读过书的独立制片人戴

夫·西尔弗斯坦开玩笑：西尔弗斯坦买下了一篇故事的版权，正口述一封关于如何改编这个故事的信。

"——一个关于离婚、年轻姑娘和外国大兵的故事。"乔尔操着西尔弗斯坦的腔调，嘱咐道，"但我们得让它有看头，明白吗？"

这时，一股被质疑的刺痛感猛然袭上他的心头。在特意调暗的灯光下，他周围的面孔上写满了专注和好奇，但看不出一丝笑意。正前方的那位观众正是屏幕上的"大众情人"，他正眯起眼睛，用锐利的眼神死盯着他不放。只有史黛拉·沃克抬头看着他，脸上挂着永不消退的灿烂微笑。

"要是我们把他塑造成贵公子，那他就是麦克·阿伦那一款人物，不过还得带点儿夏威夷风情。"

面前的观众们仍然无动于衷，身后传来一阵沙沙声，他隐约听出有一拨人正向左侧的大门走去。

"——接着她说，她觉得他很性感，他受够了，气愤地说道：'哦，你快上一边儿去吧。'——"

其间，他偶尔听到纳特·基奥的几声窃笑，零星看到几张鼓励的面庞。在他的表演结束后，他发觉自己刚刚在电影圈的一批重要人物面前丢了脸，而这些人的青睐将会决定他的前途。

茫然失措的沉默一直笼罩着他，直至听到人群走向门口的脚步声，他才缓缓回过神来。在人们的闲言碎语中，他感受到了暗潮汹涌的嘲讽。紧接着，那位大众情人直接冲他喊道："太差劲了！"他的瞳孔缩成了针尖状，显得呆滞和空洞。在他听来，他一个人的倒彩声蕴含着大众的反感之情。那是内行人对门外汉的愤恨，是圈内人对圈外人的厌恶，是整个行业的否决。

只有史黛拉·沃克还站在身旁，向他致谢，仿佛他刚刚的表演取得了无与伦比的成功，仿佛她压根儿不知道大家都对此不屑一顾。当纳特·基奥帮他穿上大衣时，一股强烈的自我厌恶感席卷了他的全身。他绝望地恪守当初为自己立下的规矩，拼命不让自己流露出自卑的情绪，直到在心里将其反刍殆尽。

"我搞砸了，"他漫不经心地对史黛拉说道，"罢了，还是有一拨欣赏的人。感谢你的配合。"

他先是醉醺醺地鞠了个躬，然后被纳特拉到大门口……而史黛拉脸上的笑意全程都没有消散。

第二天，早餐的到来唤醒了他。他进入了一个支离破碎的世界。昨天的他还是那么趾高气扬，敢于对整个行业开火；今天的他面对个人的蔑视和集体的嘲笑，感觉自己陷入了极其不利的境地。雪上加霜的是，他在迈尔斯·卡尔曼眼中，也成了尊严扫地的酒鬼之一；迈尔斯甚至因为不得不继续雇用他而感到懊悔。至于史黛拉·沃克，她被他逼得下不了台，为了维护主人的面子英勇献身。他简直不敢去想她的真实想法。他感觉自己的胃液已经不再流动了，将拿起的水煮蛋又放回电话桌上。他写道：

亲爱的迈尔斯：

你可以想见我有多么厌恶自己。我承认是我太爱出风头。但我居然在下午六点，在光天化日之下，当众发病了！我的天哪！请代我向您的妻子致歉。

敬祝

乔尔·科尔斯

乔尔从片场办公室走了出来，却像一个罪犯一样，偷偷摸摸地溜进了烟草店。他的行为举止非常可疑，甚至引起了一名片场警察的警惕，当场检查了他的出入证。当他正准备在外面吃午餐时，纳特·基奥迈着自信而开朗的步伐追了上来。

"不干了？你这是什么意思？那个中看不中用的花瓶的确对你喝倒彩了，那有什么大不了的？"

"嘿，听着，"他一边继续说，一边把乔尔拉进了片场的食堂，"之前他有部剧在格劳曼剧院首映，在他向观众鞠躬时，乔·斯奎尔斯在后面踹了他一脚。那个花瓶放话要乔等着瞧，乔第二天八点给他打电话：'你不是要我等着瞧吗？'没想到，那个花瓶一句话都没敢说，直接挂断了电话。"

乔尔听完这个荒诞的故事，心情稍微轻松了一些。他扭头看向邻桌的马戏团演员们（有那对既可爱又可怜的连体双胞胎、暴脾气的侏儒和高傲的巨人），心生一种阴暗的慰藉之情。他又望向远处的漂亮女士们，她们的脸上依稀可见淡淡的雀斑，眼神在浓密的睫毛下显得分外忧郁，舞会礼服在白天显得格外花哨耀眼。接着，他看到了昨天也去迈尔斯家做客的一群人，他脸部的肌肉立刻抽搐起来。

"再也没有下次了，"他大声喊道，"这绝对是我最后一次出现在好莱坞聚会上！"

第二天早上，一份电报在他的办公室里静静等着他：

你是我们在聚会上最喜爱的人物之一。期待你下个星期天能出席我妹妹琼的自助晚宴。

史黛拉·沃克·卡尔曼

他的热血在血管里急速奔涌，沸腾了整整一分钟。接着，他难以置信地又读了一遍。

"哎呀，这是我这辈子听过的最绝妙的事情！"

三

疯狂的星期天又到了。乔尔一直睡到上午十一点。起床后，他读完了一份报纸，回顾了一周的热点事件。接着，他在房间里吃了鳟鱼、鳄梨沙拉，喝了一杯加州葡萄酒。然后，他为晚宴选择了一套格子西装，搭配蓝色衬衫和焦橙色领带。他倦怠的眼睛下，黑眼圈清晰可见。他开着二手车赶赴里维埃拉海滨度假区。正当他向史黛拉的妹妹琼介绍自己时，迈尔斯和史黛拉来了。他们俩都穿着骑装，先前在比弗利山庄的土路上激烈争吵了整个下午。

迈尔斯·卡尔曼是一个略带神经质的大高个儿，举手投足中透露出一种绝望的幽默，从那颗奇形怪状的脑袋到那双黑黢黢的脚，俨然一副艺术家的派头。乔尔从未见过比迈尔斯更为忧郁的眼睛。他就这样在电影圈站稳了脚跟——尽管他有时会斥巨资创作实验性作品，享受血本无归的奢侈，但他从没有拍过一部烂片。他的确称得上一位很好的伙伴，但只要和他待上一段时间，就能察觉到他的不正常之处。

从夫妻俩进门的那一刻起，乔尔就决定这一天要与他们寸步不离。当他试着加入他们周围的人群时，史黛拉不耐烦地轻咂了一下舌头，背过身去；迈尔斯·卡尔曼则扭头对碰巧站在他身旁的人说道："千万别再提伊娃·戈贝尔了，否则我又要吃大苦头了。"迈尔斯接着转身对乔尔说："很抱歉，我昨天没去办公室。我整个下午都在精神分析师那里。"

"你在接受精神分析治疗吗？"

"已经治疗好几个月了。起初是为了治疗我的幽闭恐惧症。现在，我想把我的生活弄清楚。他们说，那需要一年多的时间。"

"可你的生活没什么问题呀。"乔尔安慰道。

"嗯，没有吗？史黛拉似乎认为我的问题很大。而且，你随便挑一个人问问，他们都会这么告诉你。"他苦涩地自嘲道。

这时，一个姑娘倚坐在了迈尔斯的沙发扶手上；乔尔看见史黛拉闷闷不乐地站在壁炉边，又走到她的面前。

"感谢你的电报，"他说道，"你真是太体贴了。我简直无法想象，像你这样漂亮的人儿竟然还能具有如此优良的性情。"

她比他以往见过的任何时候都更可爱了一点儿，也许是他眼中流露出的无限爱慕促使她向他倾诉心肠——没过多久，她就濒临情感的爆发点。

"——迈尔斯出轨已经两年了。我却一直没有察觉。也难怪，她是我最好的朋友，常常来家里做客。最后，来找我谈这件事的人越来越多，迈尔斯这才不得不亲口承认。"

她怒气冲冲地坐在乔尔的沙发扶手上，相同颜色的马裤与沙发融为一体。乔尔发现她的秀发是由红金色和淡金色交织而成的，所以绝对不是染的。而且，她没有化妆。她可真是一个天生丽质的美人——

史黛拉仍然被迈尔斯气得浑身发抖，一转眼又望见一个新来的女孩在迈尔斯的身边徘徊。她实在忍无可忍，于是领着乔尔进了一间卧室。他们分别在一张大床的两头坐下，继续聊天。宾客在去洗手间的途中，总忍不住朝里瞥上一眼，然后说上些玩笑话。史黛拉正滔滔不绝地倾诉着自己的故事，根本不予理会。

过了一会儿，迈尔斯把头探进门里，说道："别想在半小时内向乔尔解释一些连我自己都弄不明白的事情啦。精神分析学家说至少要花一整年的时间呢。"

她继续讲着，仿佛迈尔斯不在场似的。她说，她依旧爱着迈尔斯——尽管经历了这么多困难，但她对他矢志不渝。

"精神分析学家告诉迈尔斯，他有恋母情结。在第一次婚姻中，他就将这一情结转移到了妻子身上，而将性需求转向了我。等他和我结婚后，这种情况再次出现。他将恋母情结转移给了我，将性趣转向了另一个女人。"

乔尔觉得这番话不大像胡言乱语，但听起来又的确像胡言乱语。史黛拉还是个孩子，而他认识的伊娃·戈贝尔是一个慈母般的人。她比史黛拉年长，很可能也比史黛拉聪明。

迈尔斯看着史黛拉有说不完的话，急躁地提议乔尔和他们一起走，于是他们开车回到了比弗利山庄的豪宅。在高高的天花板下，氛围似乎越发凝重而悲惨。那是一个诡异的夜晚，屋内的光亮将窗外的漆黑照得泾渭分明。史黛拉在房间里边走边哭，气得满脸通红。乔尔一向不太相信女演员的悲伤。她们身怀绝技——在编剧和导演的添油加醋下，个个都能在镜头里哭得梨花带雨、楚楚动人。即使几个小时的表演结束后，她们也能围坐在一起，嘀咕着八卦流言，时不时发出咯咯的傻笑声。许多逸闻趣事的细枝末节便是从她们的口中流传开来的。

其间，他时常假装在听，心里却在想她的打扮是那么得体：那条紧身的马裤凸显了她的线条和优美的双腿，上面配了一件棕色麂皮短大衣，内搭一件意大利蓝的小高领毛衣。他竟一时无法判断她究竟是在模仿英伦淑女，还是英伦淑女一直都在模仿她。她总是能在最真实的现实和最刻意的模仿之间游刃有余。

"迈尔斯对我的猜忌心实在太重了，无论我做什么事，他都会起疑心。"她轻蔑地叫道，"上次我在纽约写信告诉他，我和埃迪·贝克一起去看了戏。迈尔斯吃了一整天的醋，给我打了至少十个电话。"

"我那会儿急得发疯了，"迈尔斯猛地抽了一下鼻子（这是他压力大时的一个习惯），"分析师分析了一个星期，也没有得出任何结论。"

史黛拉绝望地摇了摇头："难道你想让我三个礼拜都呆坐在旅馆里吗？"

"我什么也没想。我承认，我吃醋了。我也在试着控制自己。我积极配合布里奇班医生，但就是没什么用。就在今天下午，我看见你坐在乔尔的沙发扶手上，我心里的妒忌又开始作祟了。"

"是吗？！"她蹿了起来，"真的是吗？！你的沙发扶手上不是也有一个人吗？你和她聊了两个多小时，其间和我说过一句话吗？"

"你那会儿不是在卧室里向乔尔吐苦水吗？"

"我一想到那个女人，"她似乎以为不提伊娃·戈贝尔的名字，她就不复存在似的，"过去常来我家……"

"好吧，好吧，"迈尔斯不耐烦地打断道，"我已经向你承认了一切。我和你一样难过。"

说罢，他转向乔尔谈论电影的事情；史黛拉被晾在一边，只得双手插在马裤的裤兜里，沿着墙壁走来走去。

"他们对迈尔斯很不好，"她突然插回谈话中，仿佛之前压根儿没有讨论过她的事情一样，"亲爱的，和他说说老贝尔茨想篡改你的电影剧本的事儿。"

她站到迈尔斯的身边，守护着他，眼睛里闪烁着为他而生的愤慨。乔尔意识到自己已经爱上了她，激动得喘不过气来，于是赶紧起身道了晚安。

星期一的到来恢复了一周正常的工作节奏，星期天的纸上谈兵和流言蜚语随即落下帷幕，拉开序幕的则是没完没了的剧本修改工作——"别再用烂大街的淡入淡出技术了。我们可以继续在画面中播放她的声音，从贝尔的视角逐渐切到出租车的中景；或者我们可以直接把镜头拉远，囊括整个车站，然后静止一分钟，最后平移到那一排出租车上……"——乔尔一直忙到了下午，又忘记了从事娱乐工作的人同样享有娱乐的权利。晚上，他拨通了迈尔斯家的电话，找的是迈尔斯，但接电话的是史黛拉。

"他的情况有所好转吗？"

"并没有。下个星期六晚上，你有安排吗？"

"没有。"

"佩里家要举办晚宴和戏剧晚会，迈尔斯不会去——他要飞往南本德市，观看圣母大学对加州大学的比赛。我想，你可以替他陪我一道去。"

乔尔顿了好一会儿，才回应道："呃，当然可以。如果那天要开会，我就不能参加晚宴了，但我应该能赶上戏剧晚会。"

"好的，那我就回复说我们会去。"

乔尔在办公室里来回踱步。他想到了卡尔曼夫妇之间的紧张关系，不禁开始琢磨：迈尔斯要是知道我替他去，会高兴吗？还是说，史黛拉自始至终就没打算让迈尔斯知道这件事？即便迈尔斯不提，我自己也会说漏嘴的，所以这事压根儿不可行……等到他重新投入工作，已经过去一个多小时了。

到了周三，一场长达四个小时的争论在烟雾缭绕的会议室中上演。三个男人和一个女人轮流在地毯上来回走动，或提议或谴责，或厉声呵斥或义正词严，或信心满满或垂头丧气。散会后，乔尔迟迟不走，等着和迈尔斯私下谈谈。

眼前的男人显然已经累坏了——不是兴奋之后的疲乏，而是被生活压垮后的无力。只见他耷拉着眼皮，胡楂在嘴边留下一圈青灰色的阴影。

"我听说，你要飞去看圣母大学的比赛。"

迈尔斯的目光直接越过乔尔，然后摇了摇头，回答道："我已经决定不去了。"

"为什么？"

"因为你。"

他仍然没有看乔尔一眼。

"迈尔斯，到底怎么了？"

"你就是我不去的原因，"他突然对自己敷衍一笑，继续说道，"我不知道史黛拉是不是为了泄愤，才故意这样对我的。她邀请你和她去佩里家，有这事吧？那我还能有心情去看比赛吗？"

他在片场总能迅速而自信地行动，但这一优良的天赋在他的个人生活中毫无用武之地，他现在看起来是那么软弱无助。

"听着，迈尔斯。"乔尔皱起眉头，解释道，"我对史黛拉从未有过非分之想。如果你真的是因为我而取消了行程，那我肯定也不会和她一起去佩里家的。我再也不会和她见面了。你可以完全相信我。"

迈尔斯直到听到这句，才正眼瞧向乔尔。

"也许吧。"他耸了耸肩，说道，"但她总会找到下一个人选。我再也不会快乐起来了。"

"你似乎不太相信史黛拉。她和我说的是，她对你矢志不渝。"

"也许是吧。"迈尔斯的嘴角垂得更低了，"可是我做出了这种事，又怎么能反过来对她提要求呢？我怎么能指望她——"他突然打住，脸上露出了强硬的神情，说道，"我现在就能提前告诉你，不管我之前做了什么，不管我是对是错，但凡我抓到她的把柄，我就会立刻和她离婚。我的自尊心不能受伤——那会是压垮我的最后一根稻草。"

乔尔被这番话惹怒了，但他还是强忍着问道："她还是对伊娃·戈贝尔的事耿耿于怀吗？"

"是的。"迈尔斯萎靡不振地抽了抽鼻子，"我自己都还没有缓过来。"

"我还以为这事已经翻篇了。"

"我试着不再和伊娃见面。但你知道，这种事情不是说断就能断的。伊娃可不是我昨晚在出租车上吻过的某个女孩！精神分析学家说——"

"我已经知道了，"乔尔打断了他，"史黛拉都告诉我了。"

气氛一度跌入沉闷的谷底。

"嗯，就我而言，如果你去看比赛，我不会和史黛拉见面。而且，我相信，她也绝对没有和任何人做出过有违良心的事情。"

"也许没有，"迈尔斯无精打采地回应道，"总之，我要留下来，带她去参加晚会。对了，"他突然补充道，"我希望你也来。我需要一个体恤我的人，和我说说话。问题就出在这里，无论我做什么，都会影响史黛拉。就连我欣赏的男人，她也会——喜欢上。这是最难办的问题。"

"确实如此。"乔尔应和道。

<h1 style="text-align:center">四</h1>

乔尔没能赶上晚宴。不过，他提前来到了好莱坞剧院的门前，一边等待，一边观看晚上的抗议游行。面对着一圈失业者，头上的丝绸礼帽让他感到一阵阵难为情。在抗议的队伍中，有扎眼的山寨电影明星，有穿着马球大衣的跛子，有一个迈着沉重步伐的大胡子苦行僧，有一群传道士，还有一对穿着学院风服饰的时髦菲律宾人。大街上的这一幕似乎在宣告：合众国对所有人开放。其中，有一队年轻人在狂欢，乔尔后来才发现他们在参与大学生联谊会的入会仪式。队伍渐渐分流，两辆豪华轿车穿过人群，停在路边。

她姗姗来迟，身穿一件冰晶一样的连衣裙，上面点缀着上千片淡蓝色的亮片，颈部还点缀着几根仿佛正淌着水珠的冰柱。

"喜欢我的裙子吗？"

"迈尔斯上哪儿去了？"

"他还是飞去看比赛了。昨天一早就出发了——至少我想是这样——"她突然想到了什么，"哦，对了，我刚收到他从南本德发来的电报，说他要回来。我差点儿忘了——这几位，你都认识吧？"

一行八人走进了剧院。

迈尔斯终究还是飞走了，乔尔在琢磨自己到底该不该来。演出开始后，他看着史黛拉那金色头发下的美丽侧影，立刻将迈尔斯置诸脑后了。其间，他转过身来望向她，她也微笑着看向他。两人就这样一直对视着，直到乔尔收回了自己的目光。趁着幕间休息，他们一起去大厅抽了烟。她低声说道："他们之后都要去参加杰克·约翰逊夜总会的开业典礼——我不想去，你呢？"

"我们必须到场吗？"

"应该不是。"她犹豫了一下，继续说道，"我想和你谈谈。我想，我们可以去我家——要是我能确定就好了——"

乔尔见她又迟疑了，问道："确定什么？"

"确定他——唉，我知道我现在疯了，但我怎么能确定迈尔斯真的去看比赛了呢？"

"你觉得他现在和伊娃·戈贝尔在一起吗？"

"不是的，应该不至于这样——但是，假如他现在正在这儿，注视着我的一举一动呢？你知道，迈尔斯有时会做出一些奇怪的事情。有一次，他想找一个长胡子男人陪他喝茶，于是他让经纪人找来了一个，真的就和那人喝了一下午的茶。"

"这次不一样。他从南本德给你发了一封电报——证明他的确去了比赛现场。"

戏剧结束后，他们在路边和朋友们一一道别，迎来最多的却是耐人寻味的神情。他们穿过聚集在史黛拉周围的人群，沿着金光耀眼的大街溜走了。

"你要知道，他完全可以托人发出那封电报，"史黛拉说道，"小菜一碟。"

的确存在这种可能性，她的不安也许不无道理。乔尔越想越气：要是迈尔斯派人一路跟踪他们的话，那他也就没必要履行先前对他的承诺了。

他大声地说道："太离谱了！"

商店橱窗里已经摆上了圣诞树，林荫大道上的那轮满月反倒沦为一个平平无奇的电影道具，看起来就像宽敞的闺房布景里的墙角灯。他们走进了比弗利山庄阴森的树荫中，这片桉树林在白天如火焰般红艳，一到晚上立刻变得黑漆漆一片。模糊中，乔尔只能看见她白皙透亮的脸庞和肩膀划出的优美弧度。她突然上前快走了几步，然后抬头望着他。

"你知道吗？你的眼睛很像你的母亲。"她开口说道，"我以前有一本剪贴簿，里面全是她的相片。"

"你的眼睛很像你，不像任何人。"他回应道。

他们开门进屋前，乔尔下意识地环顾四周，仿佛迈尔斯潜伏在灌木丛里似的。门厅桌上放着一封电报。史黛拉大声读了出来：

到达芝加哥。明晚归家。想你，爱你。

迈尔斯

"你看吧，"她把电报扔回桌子上，说道，"伪造这个，对他来说轻而易举。"

她向管家要了饮料和三明治，然后跑上楼。乔尔走进空荡荡的大客厅，踱来踱去，最后走到钢琴跟前。那正是他在上上个星期天丢人现眼的地方。

"这样一来，我们就编好了，"他大声说道，"一个关于离婚、年轻姑娘和外国大兵的故事……"

这时，那封电报浮上他的脑海。

"你是我们在聚会上最喜爱的人物之一——"

他突然灵光一现：如果史黛拉的电报纯粹是出于礼貌而发，那么很可能是迈尔斯促成了这件事，因为迈尔斯事后也邀请了他。

也许，迈尔斯当时是这么劝史黛拉的："给他发个电报吧——他很痛苦——他觉得自毁前程了。"

"无论我做什么，都会影响史黛拉。就连我欣赏的男人，她也会一一喜欢上。"如果迈尔斯当真这么做了，倒是与他说的这句话相吻合。一个女人会这么做，完全是出于同情，而一个男人这么做，可能是因为责任。

当史黛拉来到客厅时，他一把抓住了她的双手，说道："我有一种奇怪的预感：你在报复迈尔斯，而我只是你利用的一颗棋子。"

"你自己去倒杯酒，清醒一下吧。"

"更奇怪的是，我明知如此，还是爱上了你。"

电话铃响了，她又离开了。

"迈尔斯又发来一封电报，"她说道，"他把电报留在了堪萨斯城的机场，至少电话里是这么说的。"

"我猜，他通过你向我问好。"

"没有，他只说他爱我。我相信他是真心的。他现在很脆弱。"

"过来坐在我的旁边。"乔尔催促道。

夜色还不算深。半个小时后，乔尔走到早已冰冷的壁炉旁，生硬地问道："你对我难道一点儿好感也没有吗？"

"怎么会，你很吸引我，你自己也知道的。但是，我想我是真的爱迈尔斯。"

"看得出来。"

"今晚的一切都让我心神不宁。"

他没有恼怒，反而为避免了潜在的纠葛微微松了一口气。他望向她，她的温暖和柔软似乎融化了那身冷冰的裙子。他已经预料到，她将成为自己的终身遗憾之一。

"我要走了，"他说，"我出门去叫辆出租车。"

"傻了吧，我家有值班司机呀。"

他发现她竟然丝毫不想挽留自己，脸部不禁痛苦地抽搐了一下。她贴心地上前送上轻吻，说道："乔尔，你可真可爱。"

接下来，三件事霎时相继发生：他将杯中的酒一饮而尽，电话在房子里响个不停，门厅里的钟发出了响亮的报时声。

九点——十点——十一点——十二点——

五

星期天再次如期而至。前一天晚上，乔尔在赶往剧院的路上，这一周繁重的工作像长长的裹尸布一般，紧紧缠绕在他的心头。他不禁感觉，自己对史黛拉的求爱也是在一天结束前紧急赶工的任务。但今天是星期天——未来二十四小时慵懒的美好前景展现在他的眼前——每一分钟都是一首婉转的催眠曲，每时每刻都孕育着无数的可能性。没有什么是不可能的——一切刚刚拉开序幕。他又给自己倒了一杯酒。

史黛拉在电话旁突然发出一声尖锐的呻吟，缓缓瘫软在地。乔尔把她搂了起来，扶到沙发上，然后把苏打水倒在一块手帕上，轻拍在她脸上。电话筒里仍然在传出吱吱嘎嘎的声响，他上前拿起话筒，凑近耳朵。

"——飞机坠落在堪萨斯区域。已经确认了尸体身份为迈尔斯·卡尔曼——"

他挂断了电话。

当史黛拉重新睁开眼睛时，他说："躺着别动。"

"啊，出什么事了？"她低声问道，"快给他们回电话。到底出什么事了？"

"我马上就打。你的医生叫什么名字？"

"他们说迈尔斯死了吗？"

"好好躺着——用人还醒着吗？"

"抱紧我——我好害怕。"

他伸出手臂，搂住了她。

"我要知道你的医生的名字，"他严肃地说，"这很可能是个误会，但我想让医生来一趟。"

"医生叫——哦，天哪，迈尔斯死了吗？"

乔尔跑上楼，在陌生的药柜里翻找着芳香氨酊。

当他下来时，史黛拉叫道："他没死——我知道他没死。这是他计划的一部分。他是在折磨我。我知道他还活着。我能感觉到他还活着。"

"史黛拉，我想找几个你的好朋友。今晚，你不能一个人待在家里。"

"啊，不需要，"她继续叫道，"我谁也不想看见。你留下来吧。我没有朋友。"

她站起来，泪流满面："唉，迈尔斯是我唯一的朋友。他没死，他不可能死。我马上就去看看，坐火车去，你和我一起。"

"不行。今晚不要轻举妄动。随便告诉我一个女人的名字，我来给她打电话：路易斯？琼？卡梅尔？难道一个人也想不到吗？"

史黛拉眼神空洞地盯着他。

"伊娃·戈贝尔曾经是我最好的朋友。"

乔尔想起迈尔斯两天前在办公室里那张悲痛欲绝的脸。在死亡所营造的骇人沉寂中，关于迈尔斯的一切都显得清清楚楚：他是唯一一位既风趣又有艺术良知的美国导演；他深陷电影业无法自拔，丧失了韧性，无法对内心的压抑一笑置之，找不到发泄的途径，只得在反复无常中可怜兮兮地四处逃避，最终付出了神经崩溃的代价。

外门处传来了一阵声响——门突然开了，门厅里紧接着响起了脚步声。

"迈尔斯！"史黛拉尖叫道，"是你吗，迈尔斯？

啊，是迈尔斯。"

一个送电报的男孩出现在门廊上。

"我没找到门铃，但我听见里面的说话声了，于是就进来了。"

这封电报正是先前电话通知过的电报副本。史黛拉读了一遍又一遍，仿佛手中拿的是一个彻头彻尾的恶劣谎言。乔尔开始拨打电话。时间尚早，他一个人都没有联系到。最后，他终于找到一些朋友，还让史黛拉喝下了一杯烈酒。

"你留下来，乔尔，"她嘀咕着，好像已经半睡半醒似的，"你别走。迈尔斯喜欢你——他说你——"她剧烈地颤抖着，"哦，天知道我有多么寂寞。"她闭上双眼，"抱紧我。迈尔斯也有一套这样的西装。"她猛地挺得笔直，"想想他当时的感受吧。几乎什么事情都能让他担惊受怕。"

她恍惚地摇了摇脑袋。突然，她一把捧住乔尔的脸，贴近自己。

"你不会离开的。你喜欢我，你爱我，对吧？不要打电话。明天有的是时间。今晚，你留下来陪我。"

他盯着她，起初满腹狐疑，接着是顿悟后的惊诧。原来，史黛拉已经绝望地抓住了最后一根浮木，她想通过维持迈尔斯的日常生活，来骗自己他仍然活着。也就是说，史黛拉为了逃避迈尔斯已经死亡的事实，陷入了精神错乱的自虐境地。

乔尔立刻起身，毅然决然地拨打了医生的电话。

"别这样，唉，不要打电话！"史黛拉哭喊道，"快过来，继续抱着我。"

"贝尔斯医生在吗？"

"乔尔，"史黛拉叫道，"我以为还有你可以依靠。迈尔斯喜欢你。他嫉妒你——乔尔，快回到这儿来。"

啊，原来如此——如果他背叛了迈尔斯，那么她就能继续认定迈尔斯没有死——倘若迈尔斯死了，他又怎么能背叛迈尔斯呢？

"——刚刚遭受了非常沉重的打击。你能马上来吗？带上一位护士？"

"乔尔！"

门铃和电话陆续响了起来，一辆辆汽车在门前停了下来。

"你不会离开的，"史黛拉恳求道，"你会留下来的，对吗？"

"不，"他回答道，"如果你需要我，我会随时回来的。"

他伫立在这座豪宅外的台阶上，感受着从内涌出的嘈杂声。这悸动的生机如同落叶一般，围绕着死亡飞舞。他不禁哽咽起来。

"凡是他触碰的，都被施了法似的。"他心想，"那个野丫头，她已经焕然新生，成了他的杰作之一。"

他转而又想："他会给这该死的荒芜世界留下一个多么巨大的空洞啊——而且已经留下了！"接着，他带着些许苦涩之情，想着，"哦，是的，我会回来的——我会回来的！"

本篇刊登于《美国信使》

1932年10月

一错再错

一

“瞧瞧我这鞋，”比尔说道，“只要28美元哦。”

布朗库希先生看了看，说道：“真不赖。”

“这可是定制款。”

“我知道你是个大人物，但你让我从大老远赶过来，不会只是为了当面炫耀新鞋吧？”

“我是大人物？你从哪儿听来的？”比尔立刻反驳道，“我只不过是比剧场里的大多数人多读了一些书罢了。”

“还有，你知道的，你是个英俊的小伙子。”布朗库希打趣地说道。

“和你比的话，倒是大实话。女孩们一开始都以为我肯定是一位演员，她们直到最后才发现……有烟吗？更重要的是，我看起来是个爷们儿——比时代广场上的那些漂亮男孩爷们儿得多。"

"玉树临风，谦谦君子，再配上这双好鞋。还有顺水顺风的好运气。"

"不，你说错了。"比尔又反驳道，"三年，九场演出，四场大卖，一场赔本。你说，这有什么好运气可言？我靠的是我自己的脑子。"

布朗库希觉得有些无聊，只是呆呆地望向别处，一言不发。若不是他的心思漫游了，原本映入他眼帘的会是一个稚气未脱的爱尔兰青年，脸上洋溢着昂扬的斗志和信心，仿佛誓要将这种气息弥漫整间办公室才肯罢休。布朗库希心里清楚，比尔要不了多久就会因为自己说过的大话而自惭形秽，接着潜入另一种性情中——孤芳自赏、多愁善感，俨然一副戏剧工会知识分子誓死捍卫艺术的派头。比尔·麦克切斯尼仍然在这两种性情之间反复切换，不过，也很少有人能早早在三十岁之前将二者合而为一。

"就拿艾姆斯、霍普金或者哈里斯来说吧，"比尔继续叫嚣着，"随便从他们中挑一个出来，哪一个能比得上我？你怎么了？想要喝一杯吗？"——他这才发现，布朗库希的目光早已飘向了对面的酒柜。

"我早上从不喝酒。我现在只是想知道是谁一直在敲门。你早就应该让它停下来。我神经衰弱，这噪声能把我逼成半个疯子。"

说罢，比尔大步走到门口，猛地推开了门。"没人。"他对外喊道，"喂！有人吗？有何贵干？"

这时，一个声音冒了出来："噢，真对不起，实在是不好意思。我太激动了，都忘记自己手里还有支铅笔了。"

"有什么事呀？"

"我想见您，职员说您很忙。我有一封剧作家艾伦·罗杰斯写给您的信——我想亲自交到您的手中。"

"我很忙的，"比尔回应道，"去找卡多尔纳先生吧。"

"我去了，但他好像只是在应付了事，还有，罗杰斯先生告诉我……"

布朗库希烦躁地走上前来，飞快地瞟了她一眼。她很年轻，长着一头漂亮的红发，她的表情远比一进门时的喋喋不休更能体现她的个性。布朗库希没有想到的是，正是南卡罗来纳州的出身才赋予了她这一气质。

"我该怎么办？"她一边发问，一边悄悄把自己的未来抛到了比尔的手中，"我有封给罗杰斯先生的推荐信，他看完写了这封信，让我交给您。"

"那么，你想让我做什么呢——娶你吗？"比尔勃然大怒。

"我想出演你戏剧里的一个角色。"

"那就先坐下，等着吧。我现在没空。科哈兰小姐上哪儿去了？"他拨通了电话，恼火地瞪了那姑娘一眼，然后关上了办公室的门。这段小插曲让他切换到了另一种性情，他继续和布朗库希聊天，畅谈着和莱因哈特强强联手，共创戏剧艺术的未来。

到了中午十二点半，他似乎已经将一切都抛诸脑后，只记得两件事：一是他将成为世界上最伟大的制片人；二是他要趁着午饭时间将这个好消息告诉索尔·林肯。他从办公室出来时，满眼期待地望着科哈兰小姐。

"林肯先生不能和你会面了，"她说，"就在上一分钟，他打来了电话。"

"就在上一分钟，"比尔喃喃地重复道，一脸诧异，"好吧，那就把他的名字从周四的宴请名单上划掉。"于是，科哈兰小姐在她面前的纸上画了一道杠。

"比尔先生，您还记得我吧？"

他转过身，面向红发姑娘，说了句"没忘"，然后又转向科哈兰小姐，说道："算了，你还是再问问他周四有没有时间吧。见鬼。"

他不想一个人吃午饭。现在，他做任何事情都不喜欢独自一个人。毕竟，一个人在拥有声望和权力后，与人交往简直太有趣了。

"能跟您谈谈吗？两分钟就够了……"她开口恳求道。

"恐怕现在不行。"突然，他意识到，她是他一生中见过的最美丽的女人。

他直勾勾地盯着她看，挪不开眼睛。

"罗杰斯先生告诉我……"

"过来跟我一起吃点儿午饭吧。"他提议道。然后，他带着一种火急火燎的神色，赶忙给科哈兰小姐交代了一连串上句不接下句的嘱咐，最后为红发姑娘推开了门。

他们站在42街上。他抢先吸入大口的空气，仿佛这里的空气只够几个人呼吸似的。时值十一月，第一股亢奋的热潮已经过去了。他向东方望去，看到了自己的一部戏剧的电子公告牌；他接着扭头向西望去，又看到了另一部。在街角处上演的正是那部他和布朗库希合作的戏剧——这是他最后一次和人合作创作剧本。他们一起走进了贝德福德酒店，服务员和主管们都在忙活着。

"这家餐馆可真不错啊。"她紧跟在他的身边，感叹道。

"这里是蹩脚演员们的天堂。"他一边介绍，一边和周围人点头示意，"你好，吉米——我是比尔……嗨，杰克……他就是杰克·登普西……我不常在这里吃饭。我大多在哈佛俱乐部就餐。"

"噢，原来你是哈佛大学毕业的吗？我以前听说……"

"是的。"他有些犹豫地抢答道。关于哈佛大学，他有两个版本的故事，但他这次突然决定讲述真实的那版。"是的，他们过去把我当作一个乡巴佬，但现在不是了。大约一个星期前，我前往加弗努尔高地的长岛，那里聚集了一众名流之士。有几个黄金海岸的剑桥少爷之前压根儿不认识我，如今也开始向我主动示好，说着什么'嘿，比尔，老校友了'。"

他突然犹豫了一下，决定就此打住这个故事。

"你说你想要什么来着——一份工作？"他问道。他突然想起她的丝袜上有几处破洞。丝袜上的破洞总能让他触动，软化他的心。

"是的，要不然我就得回家了，"她回答道，"我想成为一名舞者——你知道的，俄罗斯芭蕾舞。但是舞蹈课太贵了，所以我必须找份工作。我想，练习舞蹈至少能给我一些登台表演的机会。"

"舞女吗？"

"噢，不是的，是专业的舞蹈演员。"

"嗯，帕夫洛娃不就是个舞女吗？"

"噢，不是的。"这样侮辱性的言辞着实把她吓到了。过了一会儿，她接着说："我是跟着坎贝尔小姐——乔治亚·贝里曼·坎贝尔——在老家——学习舞蹈的。也许，你认识她。她的师父是内德·韦伯恩。她真的很厉害。她——"

"是吗？"他心不在焉地应和道，"嗯，我们这一行可不好混。演员经纪公司里都是多才多艺的人，就等着我给他们一个试角的机会。你多大了？"

"十八岁。"

"我二十六。四年前，我来到这里的时候，还身无分文。"

"天哪！"

"我现在就可以退出，然后舒舒服服地度过余生。"

"天哪！"

"明年准备休一年的假——结婚……听说过艾琳·瑞克这个名字吗？"

"肯定呀！她是我最喜欢的偶像。"

"我和她订婚了。"

"天哪！"

过了一会儿，他们走到了时代广场。他漫不经心地问道："你现在准备去做什么？"

"唉，当然是去找工作了。"

"我是说此时此刻。"

"噢，还没想呢。"

"你想去我在46街的公寓喝杯咖啡吗？"

他们的眼神交会在一起，艾美·平卡德拿定了主意，相信这次她可以照顾好自己。

那是一间宽敞明亮的单间公寓，有一张三米长的沙发。她喝了咖啡，他则喝了一杯酒，然后将胳膊搭在了她的肩膀上。

"我为什么要吻你？"她直接质问道，"我压根儿不了解你，再说，你已经和别人订婚了。"

"噢，这件事啊，她不会介意的。"

"不行，我没开玩笑。"

"你还真是个好姑娘。"

"嗯，至少肯定不是个傻姑娘。"

"好吧，继续做你的好姑娘去吧。"

她起身站了起来，但又戳在了原地。她的脸上看不出一丝心烦意乱，反倒神清气爽。

"我想，这意味着你不会给我工作了，对吧？"她和颜悦色地问道。

他早已在思考面试和排演的事情了。现在，他望向她，丝袜上的破洞再次映入眼帘。他拨通了一个电话："乔，是我，神气小子……你不会以为我不知道你背地里一直这么叫我吧？……没事儿……你选好参演派对那一幕的三个女孩了吗？嗯，听着，留一个名额给我。我找到了一个南方小姑娘。今天就让她去片场。"

他得意扬扬地看着她，感觉自己就是一个大善人。

"哎呀，我真不知道该怎么感谢您，还有罗杰斯先生。"她鼓起勇气，补上一句，"再见，比尔先生。"

他已经不屑回应她了。

二

他时常在排练期间前往片场，带着一副睿智的表情驻足观看，仿佛能看透人们所有的心理活动似的。实际上，他根本没在看，也并不关心，因为他一心都在琢磨自己的运气究竟为什么这么好。他的大部分周末都是在长岛和那些"邀请他"的名流一起度过的。有一次，在布朗库希说他是"大交际花"后，他反唇相讥："嗯哼，有何不可？难道我没上过哈佛吗？莫非你觉得我跟你一样，是从街边水果摊上随手拣出来的烂苹果？"他英俊潇洒，温文尔雅，而且事业有成，总能获得新朋友的青睐。

他和艾琳·瑞克的婚约是他一生中最不满意的事情。他们俩早已两看生厌，但又不愿意一拍两散。比尔·麦克切斯尼和艾琳·瑞克就像小镇上一对最富有的年轻人，难免会情投意合，对彼此的成就惺惺相惜，在成功的浪潮中结伴而行。然而，随着时间的推移，他们的争吵越来越激烈，也越来越频繁。爱情之路即将走向终点，而一位眉清目秀的男演员——弗兰克·卢埃林正是导致他们感情破裂的导火索。艾琳在与弗兰克搭对手戏时，比尔一眼就看出了暧昧的端倪，每当提及此事，比尔的幽默就变得有些刻薄；从排演的第二周开始，紧张的气氛笼罩了整个片场。

与此同时，艾美·平卡德开始过上了快乐的生活，不再为买饼干和牛奶的钱而发愁，还认识了一个常常约她出门吃饭的朋友——伊斯顿·休斯。他来自德莱尼，就读于哥伦比亚大学的牙科专业。有时，伊斯顿还会带上几位同专业的寂寞青年一起。如果硬要计算艾美吃白食的代价，也不过是在出租车上随便亲吻几下。一天下午，她在剧院门口向比尔介绍伊斯顿。事后，比尔的心中涌起一阵滑稽的醋意，他由此断定自己对艾美的感情不同寻常。

"看得出，那个牙医又在背后算计我了。嘿，我给你一条建议：可别让他给你吸入诸如笑气之类的牙科麻醉剂。"

虽然他们很少见面，但他们的目光总是离不开对方。有一次，比尔盯着她看了好一会儿，就好像以前从未见过她似的，然后才恍然想起自己本来打算调戏她一番。当她看着他的时候，她看到了很多——外面是一个晴朗的日子，一大群人匆匆穿过街道；一辆锃亮的豪华轿车停在路边，等候着两个穿着光鲜靓丽的人，他们上了车，驶向另一座像纽约一样的大城市。那里更遥远，但更有趣。有很多次，她后悔自己当初没有吻他，但还有很多次，她也很庆幸自己当初没有吻他。几个星期过去了，排戏的艰辛束缚了剧组里的所有人，他也不再那么浪漫了。

戏剧在大西洋城开幕。大家都看得出来，比尔的情绪突然一落千丈。他开始对导演傲慢无礼，对演员冷嘲热讽。有传言说，这是因为艾琳·瑞克和弗兰克·卢埃林一起乘坐了另一列火车。彩排的那天晚上，他坐在编剧的身旁。在昏暗的观众席中，他显得像一个反派人物。第二幕结束前，弗兰克和艾琳独自站在舞台上时，先前全程一言不发的他突然喊道："再来一遍！把那些黏腻的台词都删了！"

弗兰克下了台，走向脚灯前，问道："什么黏腻，你这是什么意思？这都不是台词吗？"

"你懂我什么意思——上台继续演。"

"我不懂你什么意思。"

比尔站了起来，说道："我的意思是，把那些恶心的窃窃私语都删掉。"

"哪有什么窃窃私语，我只是在问——"

"那不就得了——重新开始。"

弗兰克怒气冲冲地回到台上，正准备继续排演时，比尔又大声地补了一句："即使是个三脚猫，也必须完成分内之事。"

弗兰克气得直跳脚："比尔先生，我可不必受你一番侮辱。"

"怎么？你难道不是只三脚猫吗？你现在才因为自己是一只三脚猫而恼羞成怒吗？这出戏是我指导的，我希望你专心做好自己的工作。"说罢，比尔站起身，沿着过道走过去，"如果你不照做，我叫你什么，你都得受着。"

"注意你的言辞。"

"你能拿我怎样？"

弗兰克一头扎进了乐队席，吼道："我招你惹你了？"

艾琳·瑞克站在舞台上，冲他们俩叫喊："天哪，你们疯了吗？"

话音刚落，弗兰克挥出短促而有力的一拳，比尔仰面倒下，直接越过一排观众席，重重地摔在了一把椅子上。只见椅子立刻四分五裂，而他卡在了那堆"废墟"的中央，动弹不得。整个剧院随即陷入疯狂的混乱中。过了一会儿，大家才回过神，想起拦住弗兰克。编剧板起一张惨白的脸，把比尔拉了起来。舞台经理喊道："要我杀了他吗，头儿？要不要打烂他的胖脸？"弗兰克呼哧呼哧地喘着气，艾琳·瑞克吓得瑟瑟发抖。

"各就各位！"比尔大声命令道，然后用手帕捂住脸，在编剧的搀扶下摇摇欲坠，"所有人，就位！再过一遍那场戏。别再废话了！回到你的位置上，弗兰克！"

于是，大家又莫名其妙地回到了舞台上。艾琳一把拉过弗兰克的胳膊，飞快地交代了几句。灯光组的人员在慌乱中把观众席的灯调到了最亮，然后又急忙调暗。轮到艾美·平卡德出场时，她瞥见了比尔正在用手帕蒙住血流不止的脸。她恨弗兰克的莽撞，害怕大家不久就会不欢而散，不得不回到纽约。所幸，比尔及时叫停了这场自导自演的愚蠢把戏，保住了这场戏剧。倘若弗兰克主动要求退演的话，那他的演艺生涯也必将遭受重创。上一幕刚结束，下一幕便立即开始，中间没有休息的环节。一切结束后，比尔早已离场。

第二天晚上，戏剧正式上演。比尔全程坐在舞台侧边的一把椅子上，看着剧组人员上上下下。他的脸又肿又青，但他似乎不以为意，其他人也对此事只字不提。其间，他到台前绕了一圈，回来后就听闻纽约的两家经纪公司正计划高价收购这部戏的版权。他成功了，他们都成功了。

艾美看着他，觉得大家都亏欠他很多很多，一股感激之情涌上心头。她走上前去，向他道谢。

"我挑人的眼光向来很好，比如你，红发姑娘。"他不动声色地回应道。

"感谢您选了我。"

艾美难掩内心的感动，关心的话语脱口而出："你的脸伤得好重啊！"她感叹道，"噢，你昨晚真的很有魄力，没让场面彻底失控。"

他盯着她看了一会儿，然后在肿胀的脸上勉强挤出了一丝讥讽的笑容。

"崇拜我不，小宝贝？"

"崇拜！"

"我都栽进座位里了，你还崇拜我吗？"

"毕竟，你这么快就稳住了场面。"

"你对我可真是死心塌地。在那种愚蠢至极的烂摊子里，你仍然可以找到崇拜我的地方。"

她幸福得直冒泡："总之，你真的很了不起。"

比尔度过了沮丧的一天，但眼前的艾美是那么生气盎然，他甚至想把他那张肿胀的脸贴在她的脸颊上。

第二天一早，他带着瘀伤和欲望回到了纽约。青肿逐渐消退了，但欲望仍在骚动。戏在城里演出后，没过多久，他就看到一些男人开始围着美丽的艾美打转。渐渐地，她成了他的成功之作，他走进剧院就是为了看她。这部剧在火热的巡演后彻底落下了帷幕，在那些反应不佳的观众评价中，他喝得越来越多，需要有人相伴，才能度过这些灰暗的日子。于是，六月初，他们突然在康涅狄格州闪婚。

三

已经是五月下旬了。两个人坐在伦敦的萨沃伊烤肉店，等待着七月四日独立日的到来。

"他人怎么样？"哈贝尔问道。

"很好相处的。"布朗库希答道，"人不错，长得又帅，人缘还很好。"没一会儿，他又补充道，"我想劝他回国发展。"

"这就是我搞不懂他的地方。"哈贝尔说，"这里的演艺圈哪里比得上美国呀。他为什么非要留在这里？"

"他喜欢跟那些公爵和贵妇在一起厮混。"

"真的吗？"

"上周我碰见他和三个女人在一起——一会儿和这个聊聊天，一会儿和那个调调情，一会儿和剩下的那个打情骂俏。"

"我还以为他结婚了呢。"

"三年前就结婚了，"布朗库希说道，"生了一个漂亮的孩子，妻子已经怀上第二胎了……"

这时，比尔的到来打断了布朗库希的话头。那张典型的美国面孔悬在方肩大衣的领子上，飞扬跋扈地向四周张望着。

"好久不见呀，麦克，来见见我的朋友，哈贝尔先生。"

"嗯哼。"比尔应和着坐了下来，仍然瞪大双眼，环顾吧台周围的每一个顾客。几分钟后，哈贝尔走了，比尔开口问道："那家伙什么来头？"

"他才来一个月，还没有打响名号。你来这儿已经小半年了，别忘了。"

比尔咧嘴一笑："你是不是觉得我是个势利小人？我反正至少没有自欺欺人。我就是喜欢势利，势利也拿捏了我。我的目标就是成为麦克切斯尼侯爵。"

"也许你再多喝点儿就行了，梦里什么都能成真。"

布朗库希建议道。

"闭上你的嘴。谁说我喝酒了？有人这么说了吗？听着！戏剧史上有哪个美国经理能够在不到八个月的时间里，在伦敦取得像我一样的成就？只要你现在能给我一个答案，我明天就和你一起打道回美国。只要你现在告诉我……"

"你现在也只剩老戏可吹嘘了。你在纽约不也栽过两次跟头吗？"

比尔站了起来，脸色铁青。

"你以为你算哪根葱？"他问，"你特意过来，就是为了跟说我这话的吗？"

"别动气，比尔。我只想让你回去。为了达到这一目的，我什么都愿意说。如果你能复制1922年和1923年大热三个季度的成功，那你这一辈子就高枕无忧了。"

"纽约让我作呕，"比尔闷闷不乐地说道，"前一分钟，你还被捧为国王；两次小失利后，你就被贬为才尽的江郎。"

布朗库希摇了摇头。

"公众这么说你，并不是因为你失败了，而是因为你和你最好的朋友阿伦斯特尔决裂了。"

"他算哪门子的朋友？"

"反正是你生意上最要好的朋友。况且——"

"打住，我不想谈这个了。"他看了看表，说道，"听着，艾美最近的情绪很不好，恐怕我今晚不能和你共进晚餐了。你回国前来我的办公室坐坐吧。"

五分钟后，布朗库希站在室外的吸烟区，瞅见比尔又走进萨沃伊烤肉店，沿着台阶，走入了楼下的茶室。

"看来，他已经成了一个大外交家了，"布朗库希心想，"他以前有约的时候，总会直接说出来。如今，他和这些公爵、贵妇玩在一起后，整个人也变得精致起来了。"

也许，纽约真的是他的伤心地，按理说，他不是那种容易伤心的人。不管怎样，布朗库希断定，比尔的好运已经到头了。在那一刻，他出于习惯，决定将比尔从自己的脑海里永远抹去。

不过，还没有任何迹象表明比尔正在走下坡路。他的戏在新斯特兰德剧院和威尔士亲王剧院风靡一时，每周的票房收入几乎和两三年前在纽约时一样丰厚。如果一个人在离开熟悉的环境后还能东山再起，那他必定是一位实干家。一个小时后，这个男人回到海德公园的家中吃晚饭。

他浑身散发着二十多岁的年轻活力，而艾美无精打采，笨拙地摊坐在楼上客厅的沙发上。他揽她入怀，抱了好一会儿。

"宝宝就快出生了，"他开口说道，"你可真美。"

"别拿我开玩笑了。"

"我是说真的。你一直都很美。我始终捉摸不透究竟你为什么会这么美。或许是因为你的个性吧，你的脸上一直洋溢着勇敢，即使你现在挺着这么大的肚子。"

她被逗得眉开眼笑，用手指将了将他的头发。

"个性是世界上最伟大的发明，"他宣称，"而你比我认识的所有人都更有个性。"

"你见到布朗库希了吗？"

"嗯，他就跟苍蝇一样招人烦！我决定不带他回来吃饭了。"

"出什么事了？"

"他对我出言不逊，大谈特谈我与阿伦斯特尔的争执，搞得好像全是我的错似的。"

她欲言又止，抿紧了嘴，然后平静地说："你那天和阿伦斯特尔吵架，是因为你喝多了。"

他不耐烦地站了起来。

"莫非你也要开始——"

"不是的，比尔，但你现在有些醉了。你知道自己喝了酒。"

他意识到她说得没错，于是转移了话题。他们一起去吃饭。在一瓶红葡萄酒发出的光晕下，他做了一个决定：在孩子出生之前，滴酒不沾。

"我总能想戒就戒，不是吗？我总是说到做到。你从没见我半途而废过。"

"是的。"

一起喝完咖啡后，他起身准备离开。

"早点回家。"艾美叮嘱道。

"噢，当然啦……怎么了，宝贝？"

"我只是想哭。不用管我。哎呀，你赶紧走吧，别像个傻瓜一样站在那儿了。"

"但我肯定会担心你呀。我不想看到你哭。"

"唉，我不知道你每天晚上都去了哪里，也不知道你陪在谁的身边，更不知道西比尔·康布林克夫人为什么每晚都要打电话来……这些其实都还好，但每当我在夜里醒来，总觉得很孤单。比尔，我们一直以来都是在一起的，但最近不是这样了，对吗？"

"我们现在仍然在一起啊……怎么了，艾美？"

"我知道——我只是疯了。我们从来没有让对方伤心，对吧？我们从来没有——"

"当然没有。"

"早点儿回来，或者你能回来的时候就回来。"

他先到威尔士亲王剧院坐了一会儿，然后走进隔壁的旅馆，打了一个电话。

"我是比尔·麦克切斯尼，我想和夫人谈谈。"

过了好一会儿，西比尔夫人才拿起电话："哟，可真是意外之喜。上一次有幸接到您的来电，都是好几周之前的事情了。"

她的语调像鞭子一样轻快，又透出冰柜一般的寒冷。英国女士向来善于引用文学作品来拼凑自我形象，因此她们的措辞格外耳熟。比尔起初也曾为此心醉神迷（虽然只有一小段的时间），但他现在保持着头脑的清醒。

"我先前实在忙到一分钟也抽不出来。"他轻松地解释道，"你不会伤心吧？"

"我很少用'伤心'这样的字眼。"

"我怕你伤心了。你没有邀请我参加你今晚的舞会。我想，我们可以在派对结束后好好儿聊一聊，话说开了就——"

"你聊了很多，"她说，"可能有点儿太多了。"

突然，电话挂断了，比尔一脸诧异。

"又跟我摆英国佬的臭架子，"他心想，"我要把这出戏叫作《一千个伯爵的女儿》。"

当头的一盆冷水反倒唤醒了他，这种冷落使他逐渐熄灭的欲望重新燃起。许多女人在看到比尔对艾美毫不掩饰的钟情后，都会在感动中原谅他的变心，最后在一声叹息中将比尔藏进内心的深处。但这一次，他在刚刚挂断的那个电话里并没有听到这样的叹息。

"我要去把这烂摊子收拾干净。"他在心里筹划着。他仍然不想立即回家，而是想直奔舞会而去，然后再和她好好儿谈谈，但他今晚并没有穿晚礼服。经过一番深思熟虑，他得出一个结论：立刻消除误会远比着装要紧，于是他打算就穿着这一身去参加舞会。毕竟，美国人穿着随意是出了名的，不算什么大不了的事情。不管怎样，时间还早，他索性去喝了几杯酒，又琢磨了一个小时。

午夜时分，他进入了梅菲尔上流住宅区，踏上了西比尔夫人家门口的台阶。衣帽间的侍者不满地打量着他的花呢外套；男仆在客人名单上翻找他的名字，却一无所获。

庆幸的是，比尔的朋友汉弗莱·邓恩爵士也在同一时间赶到了，帮忙解释道："一定是哪里弄错了。"

一进屋，比尔就立即四处寻找女主人的身影。

西比尔夫人是一个非常高大的年轻女子，有一半美国血统，但更有几分英伦气息。在某种意义上，是她主动瞄准了比尔·麦克切斯尼，证明了他那野性的魅力。正当她放浪无拘之际，他的不告而别让她颜面尽失。

西比尔夫人和她的丈夫站在迎宾队列的最前方，比尔以前从未见过他们一同出席过任何公开场合。他临时决定不在如此正式的场合与她相认。迎宾队列似乎永远望不到尽头，他越发不安起来。他看到了几个老面孔，但不算多。他意识到，一定是自己的衣服引来了人们的目光。他还意识到，西比尔夫人也发现了他。她本可以挥挥手来解除他的尴尬，但她选择视而不见。他很后悔来到这里，但现在退出未免太荒唐了。于是，他走到一张自助餐桌前，拿起了一杯香槟酒。

当他转过身来的时候，她终于独自一人了。他正要走近她，管家却前来问道："先生，打扰一下，请问您有邀请函吗？"

"我是西比尔夫人的朋友。"比尔急不可耐地回答道。他转身而去，管家依旧跟在后面。

"对不起，先生，我不得不请您跟我到这边来，以便把事情调查清楚。"

"没有这个必要。我正准备去跟西比尔夫人说话呢。"

"我收到的命令和你说的不一样，先生。"管家态度坚决地说道。

比尔还没来得及弄清状况，双臂就被轻轻地锁到了身体的两侧，接着又被推进了餐厅后方的一个小接待室。

一个戴着夹鼻眼镜的人早已在室内等候多时。比尔认出，此人正是康布林克家的私人秘书。

秘书向男管家点了点头，说："嗯，就是这个人。"

比尔随之被松绑了。

"比尔先生，"秘书说道，"你没有邀请函，就闯了进来。老爷要求你立刻离开他的家。请你现在把存放外套的号码牌给我，可以吗？"

这一下，比尔终于弄清状况了。他的脑海中浮现出那个最能贴切地形容西比尔夫人的词，于是索性脱口而出。秘书立马向两个男仆使了个眼色，他们和比尔激烈地厮打在一起。最终，比尔被两人抬着，先是穿过食品贮藏室（里面的服务员们纷纷停下手中的活，行注目礼），接着穿过一条长长的走廊，最后直接被扔进了大门外的一片夜色中。不一会儿，门再次打开，外套从门缝中飞了出来，连同手杖一起当啷当啷地滚下了台阶。

正当他站在原地不知所措、目瞪口呆的时候，一辆出租车停在了他的身边，司机探出头喊道："先生，哪里不舒服吗？"

"什么？"

"先生，我知道哪儿可以搞到上好的提神酒。再晚也不算迟。"

于是，他打开了出租车的车门，同时也开启了一场噩梦。梦里有在打烊时段仍然继续营业的歌舞厅；有不知从哪儿捡上车的两个陌生人；有争吵，有他想要兑现一张支票，还有他突然一遍又一遍地宣称自己是大制片人威廉·麦克切斯尼，自然没有人相信他的话。之前，他的当务之急是马上去见西比尔夫人，和她当面解释清楚，而现在，一切都不着急了。他在一辆出租车里摊睡着，直到司机在他的家门口将他摇醒。

刚一进屋，电话就响了起来。他却充耳不闻地从女佣的身边走过，前脚踏上楼梯后，才突然意识到她在同自己说话。

"比尔先生，又是医院打来的电话。夫人正在那里，他们每小时都打来电话。"

他将听筒举到耳边，仍然没有从迷迷糊糊的状态中清醒过来。

"我们是米德兰医院，替您太太打来的电话。今天上午九点，她产下了一个死婴。"

"等一下。"他的声音干涩而嘶哑，"我不明白你在说什么。"

又过了一会儿，他才明白艾美的孩子死了，她现在需要他在身边。他沿着马路踉踉跄跄地寻找着出租车，两只膝盖不停地打战。

病房里的光线十分昏暗，艾美躺在一张凌乱的病床上，抬头看到他，叫道："你！我还以为你死了呢！你上哪儿去了？"

他急忙在床边跪了下来，但她立刻转过身去："啊，你可真臭，快要把我熏吐了。"

但她的手一直放在他的头发上，他跪在地上，很长时间都一动不动。

"我们完了，"她喃喃地说道，"当我以为你死了的时候，那感觉太难受了。你和孩子都死了。我真希望自己也已经死了。"

一阵风吹开了窗帘。当他站起来整理时，她借着晨光看到他的脸不仅伤痕累累，还苍白得可怕，衣服也褶皱不堪。这一次，她打心底里恨他，而不再恨那些伤害他的人。她能感觉到他已经从她的心里溜走，感受到了他离开后留下的空洞。转瞬间，他就在她的心头消失了。她甚至可以原谅他，并为他感到抱歉。这一切就发生在转瞬间。

她孤身一人前往医院，从出租车里出来的时候，摔倒在医院的大门口……

四

艾美从身心的创伤中恢复后，学习舞蹈的心思一刻也没有停息过。南卡罗来纳州的乔治亚·贝里曼·坎贝尔小姐谆谆教诲的旧梦一直萦绕在心头，就像一条光明大道，引着她不断重温那段初到纽约时怀揣无限憧憬的青葱岁月。在她看来，舞蹈从几百年前的意大利发展而来，在二十世纪初于俄罗斯发展到了顶峰。这门艺术是婀娜灵巧的鹤立式舞姿与单脚尖旋转的精心搭配，也是女人对音乐的诠释。一个人即使没有有力的手指，也可以凭借四肢来演奏柴可夫斯基和斯特拉文斯基的作品；在芭蕾舞剧《肖邦舞曲》中，舞者的双脚宛如《尼伯龙根的指环》中的歌喉一般，掷地有声。低端的舞蹈既可以当作海豹表演，也可以视为一门杂技，而高端的舞蹈则是帕夫洛娃本身，是艺术！

比尔和艾美回到了纽约。在一套公寓中安顿下来后，艾美就像十六岁的少女一般，立刻投入到她的舞蹈事业中：跳跃、把杆练习、单脚尖旋转、阿拉贝斯克和鹤立式舞姿……每天四个小时的训练构成了她生活中最真实的部分。她唯一的忧虑是担心自己太老了。二十六岁的她还要弥补过去十年的舞蹈空窗期，好在她身材姣好、面庞秀丽，天生就是舞蹈家的料。

比尔全力支持艾美的爱好，并且已经决定当她准备登台时，将围绕她打造美国第一个名副其实的芭蕾舞团。有时，他甚至会羡慕她的全情投入，因为自从他们回国以来，他的戏剧行当已经每况愈下。况且，他早期的盛气凌人早已树敌无数，更招来了一些夸大其词的传言，说他不仅有严重的酗酒问题，还对演员很刻薄，很难和他一起共事。

更糟糕的是，他总是资金短缺，每出戏都得四处求人赞助。他在商业之外的领域敢于冒险风投，还神奇地大赚了几笔，可见他也算是个聪明人，但他没有剧院公会的支持，亏损的钱也只能算在自己的头上。

他也有几出叫座的戏剧，但那都是他呕心沥血的结果（至少看起来是这样）。他已经开始为自己不规律的生活付出代价了。他时常想要休息一下，时常又想戒掉那离不开手的香烟。然而，崭露头角的新人太多，竞争太激烈了。再说，他也根本无法习惯规律的生活。他习惯在黑咖啡的强烈刺激下完成工作，这种情况似乎是戏剧界的常态，但对一个年过三十的人来说，这太耗费精力了。在某种程度上，他是在依靠艾美的健康和活力过活，他们变得更加形影不离。但他有时会有些不满，他感觉自己越来越需要她，而她并不像他那样需要自己。每当这时，他总是浮现出希望，希望自己下个月或者下个季度会时来运转。

十一月的一个晚上，艾美走出芭蕾舞学校。她把帽子拉得很低，盖住她那湿漉漉的头发，一路上晃悠着灰色小包，沉浸在愉悦的想象中。这一个月来，她一直注意到有人专程到舞蹈室来看她练舞——她已经学有所成了。曾几何时，她也为别的事情——她和比尔的亲密关系——付出了同样多的心血和时间，但收获的只有痛彻心肺的绝望。如今除了她自己，再也没有人能击溃她了。她有些急不可耐地设想着未来："我的梦想就要成真啦。我会很幸福的。"

她不由得加快了步伐。今天发生了一件事，她必须回家和比尔商量一下。

她在客厅看到了他，于是一边换衣服，一边叫他过来。她还没等他跟来，就提前开口说道："让我来告诉你一件好事！"

浴缸里的水哗哗地流着，于是她提高了音量："保罗·玛克瓦想邀我做他的舞伴，这一季一起在大都会歌剧院跳舞！具体的事宜还没确定，所以现在还没有公布——本来连我都不应该知道的。"

"真好。"

"唯一的问题是，去国外首演会不会更好？不管怎样，多尼洛夫说我已经可以登台表演了。你觉得呢？"

"我不知道。"

"你怎么听起来没什么兴趣？"

"我有心事。你继续说，我等下再告诉你。"

"我已经说完啦，亲爱的。如果你想像上次说的那样，去德国待上一个月，那多尼洛夫可以为我将首演地选在柏林。不过，我还是更愿意在这里开场，和保罗·玛克瓦跳舞。想象一下……"她突然打住了，透过自己的兴高采烈，感觉到他是那么心不在焉，"告诉我你在想什么吧。"

"今天下午，我去找了卡恩斯医生。"

"他怎么说呀？"她还在心里欢唱着自己的幸福。比尔总是怀疑自己的身体出了问题，对于比尔隔三岔五就发作的疑心病，她早已见怪不怪了。

"今天早上，我跟他说了咯血的事情，他重复了去年说过的话——可能是我喉咙里的一根静脉血管破裂了。但我一直咳个不停，为此很担心，想着也许拍个X光片，就能把问题弄清楚，也更加安心。这下好了，一切都清楚了。我的左肺几乎彻底坏死了。"

"啊，比尔！"

"所幸右肺还没有感染。"

她惶恐不安，等着他继续说。

"这个病来得真不是时候，"他不动声色地继续说道，"但我必须承受。卡恩斯医生建议我去阿迪朗达克山区或丹佛市过冬，他更推荐丹佛市。这样的话，我可能在五六个月后就会痊愈。"

"我们当然要一起去……"她说着说着，突然打住了。

"我不希望你去——尤其是你现在还获得了这么好的机会。"

"我当然要去！"她赶紧说道，"你的健康是我的头等大事。我们到哪儿都要一起。"

"噢，不需要的。"

"为什么不需要？我们当然要一起。"她努力让自己的声音听起来强硬而果断，"我们一直同进同出。你不在，我一个人也待不下去。你什么时候出发？"

"越早越好。我去见了布朗库希，问他愿不愿意接手里士满的那部戏，但他似乎没有兴趣。"他的表情严峻起来，"眼下自然也没有别的法子了，不过算上借出的账，我的钱已经够用了……"

"唉，要是我能赚点儿钱就好了！"艾美哭着说道，"你那么卖力地工作，而我只是上舞蹈课，每星期就得花上200美元。我工作好多年也挣不回这学费啊。"

"放心，六个月后，我就会像以前一样健康了。"

"肯定的，亲爱的，我们会让你康复的。我们尽快出发吧。"她伸出一只胳膊搂住他，吻了吻他的脸颊。"我真是一只老寄生虫，"她说道，"我早该知道我的至爱身体出了问题。"

他下意识地伸手掏出了一支烟，然后又停住了手："我又忘了——我得开始戒烟了。"

他突然振作起来："宝贝，我想好了，我还是决定一个人去。你去那儿会无聊到发疯的，而我只会认为我妨碍了你的舞蹈梦。"

"别考虑这些。最重要的是让你好起来。"

在接下来的一周里，他们在这个问题上讨论了一小时又一小时。两个人什么都说了，除了真心话——他希望她能陪他一起去，而她则热切地想留在纽约。艾美小心翼翼地和芭蕾舞老师多尼洛夫讨论了一番，老师强调耽搁演出会酿成严重的事故。她看着芭蕾学校里的其他女孩正紧锣密鼓地筹划着冬季日程，宁死也不愿意离开。她下意识流露出的苦恼，都被比尔一一看进眼里。其间有一段时间，他们达成了一致：将疗养地选在阿迪朗达克山区，方便她在周末乘飞机往返两地。然而，医生见他低烧不退，明确嘱咐他必须前往西部地区接受治疗。

在一个阴沉的周日之夜，比尔宣布了最终的决定。他那粗犷而慷慨的正义感当初赢得了她的芳心，也使他在成功后的狂妄自大得以被她忍受。但那晚，深陷厄运的他在这种正义感的映衬下显得格外悲壮。

"宝贝，是我自作自受。我之前太不自律了，才把自己弄得一塌糊涂。现在，你是家里的顶梁柱，我只有靠自己恢复了。你已经为你的梦想努力了三年，应该把握住这个机会——如果你现在放弃了，那我的下半辈子都要背负骂名了。"他咧嘴一笑，继续说道，"我可背负不起。再说，那样对孩子也不好。"

最终，艾美屈服了。她既感到愧疚和痛苦，也为自己感到庆幸。对她来说，她可以在舞蹈世界独自打拼，而不需要比尔的陪伴。更何况，这个世界更加广阔，也能带给她更多的喜悦；二人世界带给她的更多的是遗憾。

两天后，比尔揣着下午五点的车票，和艾美在一起度过了最后的几个小时，谈论着一切美好的希望。她仍然反对他只身前往，看起来情真意切。但凡他有些许犹豫，她就会跟着他。但这次疾病所带来的打击使他有所改观，赋予了他多年来从未有过的多样个性。也许，对比尔来说，独自面对不失为一件好事。

"春天见！"他们一同说道。

夫妻二人拉着小比利走上站台，比尔说道："我讨厌离别的戏码，每一次都像生死离别似的。你们回去吧，我在发车前还要去打个电话。"

虽然艾美从一开始就为比尔争强好胜的性格担惊受怕、怏怏不乐，但结婚六年以来，除了艾美住院期间，他们从来没有分开过一个晚上。撇开英国那段浪荡的时光，他们始终保持感情的忠诚，对彼此温柔以待。艾美看着他独自穿过大门，心里很高兴他有一个电话要打，甚至不禁在脑海中描绘他打电话时的样子。

她是个好女人，全心全意地爱着自己的丈夫。她在走到33街的时候，想到在他花钱买下的公寓中再也见不到他的时候，内心感到一阵死寂。一转念，她准备做点儿能让自己开心的事情。

她逛过几个街区后，突然停了下来，心想："哎呀，好可怕——我在干什么呀！我成了世界上最糟糕的人，我让他失望了。我就这样离开他，去和多尼洛夫、保罗·玛克瓦共进晚餐。他们是那么英俊，眼睛和头发的颜色都是一样的，我很喜欢和他们待在一起……比尔现在在火车上，孤身一人。"

她立刻拉住小比利掉转方向，好像要赶回车站似的。她甚至已经在脑海中看到了一幅画面：他坐在车厢里，脸色苍白，疲惫不堪，身边没有艾美……

"我不能让他失望。"她大声地自言自语道。伤感一波又一波地涌上心头。只不过是多愁善感罢了——难道他没有让她失望吗？难道他没有在伦敦为所欲为吗？

"唉，可怜的比尔！"

她优柔寡断地戳在原地，然后意识到自己会很快忘记这件事，为自己的所作所为找到开脱的借口。她不得不仔细回想起伦敦生活的点点滴滴，这样她才能平复良心上的不安。一想到比尔一个人在火车上，她又会感觉自己这么想真是太可怕了。即使现在，艾美也可以转身回到车站，通知比尔她要来陪护，但她体内蕴含的那股活力拉住了她，她在原地等着。不一会儿，一大拨人从戏院里汹涌而出，冲入狭窄的人行道；她和小比利也被人流一起卷走了。

比尔故意打了很久的电话，迟迟不愿回到自己的座位，因为他几乎可以肯定自己不会在车上看到艾美的身影。火车开动后，他走了回去。果不其然，除了行李架上的几个包和座位上的几本杂志外，什么也没有。

他知道自己已经彻底失去她了。他亲眼见证了这出戏的全过程，没有掺杂任何主观的臆测：首先是保罗·玛克瓦的出现，接着是数月的接近，最终是他孤独的结局。这之后，一切都变了。他花了很长时间，翻来覆去地琢磨，其间还翻阅了《综艺》和《济特》杂志。每当他的心思回到这件事上时，他总觉得艾美似乎已经死了。

"她是个好姑娘——数一数二的好姑娘。她很有个性。"他清楚地意识到，走到今天这一步都是自己自作自受。他感觉自己正在补偿当初造下的孽。他想明白了，这次的离开让他再一次变得和她一样坚强。终于，一切都扯平了。

他顿时感觉自己超脱了悲伤，甚至超脱了一切。他感受到有一股更加强大的力量掌控着自己，而他能惬意地栖息其中。现在，他正在接纳过去绝不能容忍的两种感觉——疲惫和自馁。前往西部若是一个既定的结局，似乎也没有当初想的那么糟糕了。他笃定无论艾美在做什么，无论她的舞蹈事业有多美好，她最终都会来的。

本篇刊登于《周六晚邮报》

1930年1月18日

一次异国旅行

一

蝗虫倾巢而出，正午的天空此刻一片暗淡。巴士上的女人们惊声尖叫着，瘫倒在地板上，用旅行毯盖住头。蝗虫一路往北飞，将沿途的一切啃食殆尽。蝗灾在这片地带并不少见。这群蝗虫就像一片片黑色的雪花，默默地沿着一条直线飞行，竟没有一只撞上挡风玻璃，也没有一只冲进车厢里。几个胆大的将手伸出窗外，试图抓到几只。十来分钟后，头顶的"乌云"总算散去了。女人们这才从毯子里探出头来，她们披头散发，觉得自己傻极了。接着，大家纷纷议论起刚才的奇观。

没有一个人不在聊这件事。这并不奇怪，倘若有人能够在看到穿越撒哈拉沙漠边缘区的蝗虫群后一言不发，那才不正常。一个英国寡妇在跟一个士麦那裔美国人聊天，她要去比斯克拉和一个素未谋面的酋长一夜风流。一名旧金山证券交易所的成员腼腆地向一名作者发问："您是那位作家吗？"还有一对来自威尔明顿市的父女正和计划飞往通布图的伦敦飞行员相谈甚欢。就连法裔司机也转过身来，用响亮而清晰的声音解释道："大黄蜂！大黄蜂！"一名老练的纽约护士一听到这话，忍不住放声大笑起来。

在这群匆匆忙忙的旅客中，也有一段句斟字酌的对话。利德尔·迈尔斯夫妇不约而同地转过身，微笑着向后排的一对美国夫妻问候道："你们的头发上没缠上蝗虫吧？"

这对年轻夫妇回以礼貌的微笑，答道："没有，我们幸免于难。"

这对俊男靓女看上去二十来岁，洋溢着新婚的甜蜜。丈夫热切而细腻；妻子浅色的眼睛和头发闪耀着迷人的光彩，她的脸庞没有一丝阴郁，鲜活的朝气与自信从容的美好气质相得益彰。这对新婚夫妇在举手投足之间，透露出良好的教养与特别"高贵"的出身。他们表现出的涉世未深与骨子里的深沉文静都充分体现了这一点。迈尔斯夫妇看在眼里。如果说这对年轻夫妻刻意拉开了自己与众人的距离，也仅仅是因为对他们而言，拥有彼此就足够了，而迈尔斯夫妇对其他旅客的疏远，则是一种刻意的伪装，也是一副彰显社会阶层的做派。他们和那个到处搭讪却遭到所有人冷落的士麦那裔美国人没有本质上的区别。

实际上，迈尔斯夫妇认定这对新人很可能已经厌倦了二人世界，所以才直率地接近他们。

"你们去过非洲吗？那里真是太迷人了！你们准备去突尼斯吗？"

十五年的巴黎生活也许磨损了迈尔斯夫妇的内心，但夫妻二人的外表仍然光鲜靓丽，甚至可以说很有魅力。在傍晚抵达布萨达这座绿洲小城之前，四个人已经成了相谈甚欢的朋友。他们发现他们有好几位共同好友都在纽约，他们在大西洋酒店的酒吧共饮鸡尾酒后，决定一起共进晚餐。

妮可·凯利和尼尔森·凯利刚下楼，妮可就后悔自己接受了邀约。现在，他们不得不花费大把时间与这对新朋友相处，直到在君士坦丁堡分道扬镳。

结婚八个月以来，她一直非常幸福，甚至一度怀疑自己是不是被宠坏了。在驶往直布罗陀的意大利邮轮上，他们没有加入在酒吧里狂欢的人群，而是一起认真学习法语。尼尔森同时打点着最近继承的50万美元的生意，他还画了一幅关于船上烟囱的画。当听说酒吧里的几个人永远消失在了亚速尔群岛附近的大西洋里时，年轻的凯利夫妇不禁感到庆幸，因为这证明与那些人保持距离是正确的。

但妮可后悔应邀的原因不止一个。她对尼尔森说："我刚才在大厅里看到那对夫妇了。"

"谁呀？迈尔斯夫妇吗？"

"不是。就是那对年轻的夫妻呀——和我们年龄差不多——在另一辆巴士上的那对，我们都觉得他们人很好的那对。我们那天吃完午饭，还在比尔拉巴卢的骆驼市场碰到了他们。"

"哦，他们看起来的确不错。"

"很有人格魅力，"她特别强调道，"夫妻俩都很迷人。我敢肯定，我以前在什么地方见过那位女士。"

凯利夫妇口中的那对夫妻正坐在餐厅的另一边吃晚饭，妮可发现自己的眼睛总是情不自禁地看向他们。他们现在也有了几个伙伴。妮可已经有两个多月没有和同龄的女性说话了，她又隐隐感到后悔。迈尔斯夫妇与他们完全不同：迈尔斯夫妇表面上世故，骨子里却很势利；他们去过的地方多得惊人，对报纸上的无论什么热点新闻都烂熟于心。

他们在酒店的露天阳台上用餐。低沉的天空散发着一种奇怪而紧张的神秘感；在酒店的角落里，夜晚已经开始激荡着那些他们经常听到但仍旧无比陌生的声响——来自塞内加尔的鼓声、土著的长笛声、骆驼自怨自艾的哀鸣、穿着由旧汽车轮胎制成的鞋子的阿拉伯人走路的啪嗒声，还有僧侣祈祷时的哀号声。

在酒店的前台，一名同行的旅客正在与服务员因汇率问题吵个没完，围观的人越来越多，氛围也越来越凝重。

迈尔斯夫人第一个打破了久久不散的沉默，她带着一种急不可耐的心情，将他们从黑夜中一路领到餐桌旁。

"我们出门前应该好好打扮一番。要是人人都穿着正装，晚餐会更有意思，盛装打扮给人的感觉很不一样，英国人就深谙此道。"

"在这里穿正装吗？"她的丈夫反对道，"那样的话，我会觉得自己就像今天碰见的那个穿着破烂西装赶羊群的男人。"

"不穿正装，我总觉得自己像个游客。"

"好啦，我们本来就是游客呀，不是吗？"尼尔森反问道。

"我觉得自己不是游客。游客是那群早起去参观教堂、只知道谈论风景的人。"

妮可和尼尔森不仅游览了从菲斯到阿尔及尔的所有官方景点，还拍摄了许多动人的相片。他们都觉得这趟旅行升华了自己的身心，但他们也一致认为，这样的旅行经历可能不会引起迈尔斯夫人的兴趣。

"每个地方的风景都一样。"迈尔斯夫人说道，"唯一要紧的是谁在那里。新的风景最多可以让人愉快半个小时，之后，你就只想见到自己的同伴了。这就是为什么有些地方只会流行一段时间。一旦潮流改变，人们就奔向别处了。风景本身并不重要。"

"但是，难道不是有人一开始觉得一个景点很好，大家才慕名而去的吗？"尼尔森反驳道，"第一批人之所以去，只是因为他们喜欢那个地方。"

"今年春天，你们准备去哪里？"迈尔斯夫人问道。

"我们计划去圣雷莫或者索伦托。我们以前从没去过欧洲。"

"我的孩子们，索伦托和圣雷莫，我都知道。你们在那儿连一个星期都待不下去。那里挤满了令人讨厌的英国佬，他们每天读《每日邮报》，等待信件，谈论最无聊的事情。你还不如去布莱顿或伯恩茅斯，买一只白色贵宾犬，打把遮阳伞在码头上散步。你准备在欧洲待多久？"

"我们还没决定好。"妮可犹豫着回答道，"尼尔森赚了一些钱。我们想换个环境。我小的时候，父亲得了哮喘，因此我不得不跟着他一起，在沉闷透顶的疗养院住了很多年；尼尔森在阿拉斯加做皮毛生意，但他讨厌这个行当，所以我们一有空就会出国。尼尔森想画画，我想学唱歌。"她自豪地望着自己的丈夫，继续说道，"到目前为止，一切都好极了。"

迈尔斯夫人根据这个年轻女人的衣着判断她这一身价格不菲，而且她认为夫妻二人对旅行的热衷是真情实感。

"比亚里茨真的值得一去，"她建议道，"要不然，就去蒙特卡洛。"

"他们告诉我等下会有一场精彩的演出，"迈尔斯点了一瓶香槟，"就在咖啡馆。门卫说，她们是什么部落的姑娘，从山上下来，来学跳舞什么的。等她们赚到钱，就会回到山上结婚。嗯，她们今晚会表演。"

随后，一行人向咖啡馆进发。她很后悔自己没能和尼尔森独自漫步在这越发深沉、越发柔和、越发美好的夜色中。晚餐时，尼尔森回敬了一瓶香槟，夫妻俩都不习惯一下子喝下这么多酒。

当忧伤的长笛声传到耳边时，她压根儿不想进入咖啡馆，而一心想爬上那座低矮的小山丘，因为那里有一座白色的清真寺，像穿越黑夜的行星一样明亮。生活比任何表演都要美好。她向尼尔森靠近，紧紧握住了他的手。

洞穴般的咖啡馆里挤满了两辆巴士上的乘客。姑娘们——浅棕色的柏柏尔人，扁平的鼻子，漂亮的深瞳——已经轮流在舞台上独唱了。她们穿着棉质连衣裙，隐约让人联想起南方的黑人保姆；在这些衣服下面，她们的身体缓慢扭动着，跳着印度宫廷舞，最后以一阵肚皮舞达到节目的高潮。她们的银色腰带狂野地晃动着，脖子和手臂上的金币串叮当作响。长笛手同时也是一个喜剧演员，他刻意滑稽地模仿那些女孩的舞姿。鼓手是来自苏丹的黑人，他披着羊皮，就像个巫医。

烟雾弥漫，女孩们依次舞动着手指，就像在空中弹奏钢琴一样——看起来简单，但她们显然受过严格的训练；然后是简单慵懒，但同样精确的脚步——这些不过是为舞蹈高潮部分的狂野性感做铺垫。

之后观众陷入了沉默。尽管整场演出还没有完全结束，但大多数观众已纷纷起身离开，空气中弥漫着低声细语。

"大家都怎么了？"妮可问她的丈夫。

"嗯，我觉得——似乎是因为这段舞蹈多少有点儿——嗯——东方风情——虽然戴的首饰很多，但穿的衣服很少。"

"好吧。"

"我们不走，"迈尔斯先生愉快地向她保证，"毕竟，我们来这里，就是要看看这个国家真正的风土人情，所谓的规矩不应该成为我们的阻碍。"

大多数男观众都留下来了，女士只剩下零星几位。

妮可突然站了起来："我到外面等着。"

"为什么要走呀，妮可？迈尔斯夫人还在呢。"

长笛手奏出热场的曲调。在高高的舞台上，两个大约十四岁的浅棕色的孩子正在脱去棉裙。妮可犹豫了一会儿，陷入了鄙夷不屑与不想显得道貌岸然的纠结中。接着，她看到另一个年轻的美国女士迅速起身，朝门口走去。妮可认出她正是另一辆巴士上那位迷人的年轻妻子，于是立刻做出决定，跟着她一道走了。

尼尔森急忙跟在后面，说道："你走，那我也走。"很显然，他有些不情愿。

"不必麻烦了。我和导游在外面等你们。"

"好吧。"鼓声响起来了。他妥协道: "我稍待片刻。我想看看这到底是什么表演。"

妮可在清爽的夜晚等待着。她感觉尼尔森的表现伤害了自己的感情: 他不仅不立即和她一起走, 还拿"迈尔斯夫人没有走"作为借口。她越想越气, 随后向导游做出了回酒店的手势。

二十分钟后, 尼尔森出来了, 因为找不到她而焦虑, 同时暗暗掩饰离开她的愧疚, 最后化成一股脑的愤怒。连他们自己也没想到, 他们突然争吵起来。

很久以后, 布萨达寂静无声, 市场上的游牧民一动不动地蜷缩在毛呢斗篷中, 而她倚着他的肩膀睡着了。生命总是向前的, 不管我们抱着怎样的意图。但造成的伤害无法挽回, 夫妻俩的感情已经出现了裂缝。爱情是美好的, 可爱情也要经受很多考验。过去, 她和尼尔森度过了孤独的青春时光; 现在, 他们渴望感受这鲜活的世界; 当下, 他们在彼此身上找到了这种体验。

一个月后, 他们来到了索伦托。妮可在当地报名了歌唱班, 尼尔森则努力在那不勒斯湾中创作一些新画作。这正是他们在书里经常读到的理想生活。不久, 他们领悟了一条很多人感同身受的真理: 田园诗般的生活插曲是否富有魅力，取决于"主办派对"的那个人。也就是说，一个人提供耐心，营造背景和体验，好让另一个人再次回忆起童年时代田园生活的宁静。妮可和尼尔森既年轻又年老，同时又太过美国化，不太可能立即与这片陌生的土地达成温柔的协议。他们旺盛的生命力使他们浮躁不安。他还是没有找到绘画的方向，她的歌唱爱好也没有发展为严肃职业的前景。他们称自己"一事无成"——长夜漫漫，他们只好在晚餐时一杯接一杯地喝着葡萄酒。

酒店是由一个英国家族经营的。一家人上了年纪，为了舒适的天气和宁静的生活而来到南方。但尼尔森和妮可并不喜欢他们每天平淡无奇的生活。难道真的有人甘愿无休止地谈论天气，在同样的小路上散步，日复一日地吃同样的晚餐吗？他们逐渐感到厌倦，而美国人一旦感到厌倦，就会开始追求新的刺激。事情在一夜之间都改变了。

在晚餐时，他们喝光了一瓶酒，并计划前往巴黎，在一个公寓里安顿下来，然后安心工作。巴黎拥有大都市的娱乐和同龄的朋友，以及意大利所缺乏的那种普遍的激情。晚饭后，他们满怀希望地走进大厅，尼尔森第十次注意到那架古老而巨大的自动机械钢琴。这一次，他在自我感动中走上前去，准备试着弹奏一下。

在大厅的对面坐着唯一一对与他们打过交道的英国人——埃夫林·弗拉杰尔将军和弗拉杰尔夫人。那次交流不仅只有短短几句，而且极不愉快——弗拉杰尔夫人当时看到他们夫妻俩穿着浴袍走出酒店前去游泳，于是隔着几米的距离大声谴责道："真恶心，真不应该！"

当弗拉杰尔夫人听到钢琴突然发出的一连串噪声时，她先前对浴袍的反应简直不值一提。当岁月的尘埃在震动中从键盘上抖落时，她就像电椅上的人一般，猛地蹿上前去。尼尔森也被突如其来的《等待罗伯特·李》的噪声吓到了。他的屁股几乎刚挨到板凳，她就飞快地穿过房间，裙摆在身后颤抖着，没有看凯利夫妇一眼，就直接关掉了钢琴的电源。

这一举动看似合理，但让尼尔森十分尴尬。起初，尼尔森犹豫不决，不知道自己该作何反应，然后，他想起了弗拉杰尔夫人对浴袍傲慢无礼的指责。于是，他紧跟在弗拉杰尔夫人波浪滚滚的裙边之后，来到钢琴旁，重新按下了开关。

这一冲突立刻发酵成了国际性事件。整个大厅的目光都热切地注视在这两位主角的身上，等待着他们的下一步行动。妮可急忙赶上尼尔森，催促他放过这件事，但为时已晚。埃夫林·弗拉杰尔将军愤怒地从摆满英国菜的桌旁站了起来，面对着可能自莱迪斯密斯之战以来最为关键的局势。

"岂有此理！岂有此理！"

"请原谅。"尼尔森说道。

"我在这里生活了十五年！"埃夫林·弗拉杰尔将军大声地自言自语，"从没见过有人会做出这样的事！"

"我以为这玩意儿放在这里，是为了逗客人开心的。"

埃夫林·弗拉杰尔将军不屑回应。他跪在地上，伸手按住按钮，但按错了方向，于是钢琴弹奏的速度和音量立刻翻了三倍。人们在骤然响起的嘈杂声中不知所措，将军板起铁青的脸，一旁的尼尔森忍不住想要狂笑。

幸好，酒店经理及时控制住了事态。那乐器喘了口粗气，终于消停下来，在因为一反常态的爆发而微微颤抖后，留下了一阵巨大的沉默。

将军转向经理，说道："这是我一生中见过的最荒唐的事情。我妻子把这玩意儿关掉了一次，但这人，"这是他第一次承认尼尔森的身份与乐器不同，"他居然又把它打开了！"

"这是酒店的公共空间，"尼尔森抗议道，"乐器放在这里，显然是供客人使用的。"

"别吵了，"妮可小声说道，"他们都上年纪了。"

但尼尔森回应道："如果我真的做错了什么，我自然会道歉。"

将军威胁的目光死死地盯着经理，等待他履行职责。

经理一想到将军已经在这里住了十五年，立刻恭敬顺从、卑躬屈膝："在夜间演奏乐器不符合我们这里的习俗。客人们一般都会安静地坐在自己的餐桌前。"

"听到没有，美国佬！"将军厉声说道。

"很好，"尼尔森回应道，"我们明天就走。"

作为对这件事的回应，也是对埃夫林·弗拉杰尔将军的抗议，他们最终没有选择巴黎，而是前往了蒙特卡洛。他们不再感到孤独。

二

转眼，凯利夫妇来到蒙特卡洛已经两年多了。一天早上，妮可在醒来后意识到，这里虽然还叫蒙特卡洛，但对她来说已经变成了一个有着特别意义的地方。

这对夫妇在巴黎和比亚里茨度过了匆忙的几个月，

现在已经把蒙特卡洛当成了家。他们买下了一栋别墅，在春、夏两季结识了许多朋友——当然，这群人既不包括那些慕名而来的背包客，也不包括那些在地中海沿岸参加游轮派对的人。这些人已经成了夫妇口中的"游客"。

凯利夫妇喜爱和许多朋友在里维埃拉度过盛夏，夜晚充满了自由和欢乐的氛围。今天早上，在女仆拉上窗帘遮挡刺眼的阳光之前，妮可从窗口看见了戈尔丁的游艇在摩纳哥湾的波涛中平静地漂浮着，仿佛在原地进行着一场浪漫的航行。

整个夏天，这艘游艇都在沿着海岸缓慢地航行，只在戛纳附近往返，并没有去其他地方。那天晚上，夫妻二人正在船上用餐。

妮可有一张漂亮的脸庞，会说一口流利的法语；她有五件全新的晚礼服，还有四件还凑合的礼服；她有爱她的丈夫，还有两个爱慕自己的男人，她为其中一个感到难过。十点三十分，她与第三个男人见面。这位男士刚刚以一种"无伤大雅"的方式爱上了她。下午一点，十几位魅力十足的朋友会受邀前来共进午餐。这就是她一天的安排。

"我今天很开心，"她对着明亮的百叶窗思索着，

"我年轻貌美，我的名字经常出现在报纸上，因为我去过很多地方。但我真的不在乎这些虚荣的事情，我觉得这太愚蠢了。如果你真想见识一些人物，不妨看看那些时髦有趣的人；如果有人称你为势利小人，那是因为嫉妒，他们心里清楚，人人心里都清楚。"

两小时后，她在蒙特安格尔高尔夫球场把自己心里的想法复述给奥斯卡·戴恩。他听完后，默默在心里咒骂她。

"完全不是这样的，"他说，"你只是成了一个正在老去的势利小人。那群和你一起混的酒鬼，他们算是有趣的人吗？他们甚至算不上时髦的人士。那么粗野，就像袋子里的钉子一样，沿着欧洲向下，一路来到地中海。"

妮可很生气，报出了一个名字。

他冷冷地回应道："低级水平，不过对初学者来说，算是一个上佳的示范。"

"科尔比一家——科尔比太太还不错。"

"一般。"

"马奎斯和马奎斯·迪·卡尔布。"

"要是她没有吸毒，他也没有其他怪癖的话，应该还不错。"

"那你来说说，有趣的人都在哪里呢？"她不耐烦地质问道。

"有趣的人都独自出发，从不抱团取暖，除了偶尔参加聚会。"

"那你呢？你会从我说的每个人那里抢到一张请柬。我听说过关于你的事迹，比你能编造出来的任何故事都要疯狂。没有一个认识你半年以上的人敢接受你开的支票。你是一个吸血鬼、寄生虫，什么便宜都要占。"

"你消停一会儿吧，"他打断道，"我不想破坏气氛……我只是不喜欢看到你自我欺骗而已。"他继续说，"如今，进入国际社交圈就像进入蒙特卡洛赌场大厅一样简单。如果我能靠占便宜为生，那我付出的将是收获的二十倍。我们几个算是圈子里唯一像样的人。我们之所以坚持下去，是因为我们别无选择。"

她笑了起来，心中更喜欢他了，不禁猜想：如果尼尔森发现奥斯卡今天早上顺走了他的指甲剪和《纽约先驱报》，会多么生气。

当她驱车回家吃午餐时，心想："不管怎样，我们很快就会远离这一切，我们会认真地生个孩子——在度过了这个夏天之后。"

她在一家花店旁停了一会儿，望见一个年轻女人抱着一大束鲜花走了出来。那女子从五颜六色的花束上方瞥了她一眼。妮可觉得她不仅非常时髦，而且非常面熟，似乎是有过一面之缘的人，但她想不起名字了，所以没有点头示意。当天下午，她就把这件事抛诸脑后了。

共进午餐的有十二人：游艇上的戈尔丁一家人，利德尔和卡迪纳·迈尔斯，还有戴恩先生。她清点了一下，总共有来自七个不同国家的客人，其中包括一位美丽绝伦的年轻法国女人——德洛内小姐，妮可随性地将她称为"尼尔森的女人"。诺埃尔·德洛内也许是她最亲密的朋友，当他们组成四人组去旅行和打高尔夫球时，诺埃尔常常和尼尔森结成一对。但今天，当妮可向大家介绍她为"尼尔森的女人"时，这一戏谑的称谓突然让她备感厌恶。

午餐时，她大声宣布道："尼尔森和我要远离这里。"

所有人纷纷表示赞同，称他们也正有此意。

"对英国人来说，这没什么，"有人说，"因为他们在跳一种死亡之舞——你知道的，印度兵站在门口，在那座注定要灭亡的堡垒里欢天喜地。当他们跳舞的时候，你可以从他们的脸上看到那种强烈的情感。他们知道，这就是他们想要的，但他们看不到任何未来。你们美国人呢，你们的时间多得很。如果你想戴那顶绿色的帽子或压扁了的帽子，或者随便什么，只要带点儿醉意就可以了。"

"我们要远离这里。"妮可坚定地说，但她内心的某个声音反驳道："真可惜——这可爱的蓝色大海，这快乐的时光。"接下来会发生什么呢？是不是该缓和一下生活的紧张感？这个问题应该由尼尔森来回答。他对自己的一事无成越来越不满。这应该会为他们俩的生活带来新的变化，或者更确切地说，是给生活带来新希望和新意义。这是他作为一个男人应该付出的。

"好了，朋友们，再见了。"

"这是一顿很棒的午餐。"

"别忘了远离这一切。"

"到时候见——"

客人们沿着小路，走向他们的汽车。只有奥斯卡微醺地和妮可站在阳台上，不停地谈论着他邀请来看邮票收藏的那个女孩。妮可一时对人群感到厌倦，一心渴望独处。她听了片刻，然后从午餐桌上拿起了一只玻璃花瓶，穿过落地长窗，走进了阴影重重的别墅里，而奥斯卡一直跟在她的身后说个没完。

她穿过第一个客厅时，仍然能听到奥斯卡在阳台上的独白，接着，隔壁房间里的另一个声音突兀地打断了他。

"啊，再吻我一次吧。"

妮可停了下来，在寂静中僵直了身子。此刻，打破沉默的只有门廊上的说话声。

"小心点儿。"

妮可听出了诺埃尔小姐模糊的法国口音。

"我也厌倦了小心翼翼。没关系，他们在阳台上。"

"还是在老地方见吧。"

"宝贝，亲爱的宝贝。"

奥斯卡·戴恩从阳台传来的声音渐渐疲倦了，停了下来。妮可仿佛因此从麻痹中解脱了出来——向前还是向后，她不知道该迈出哪一步。当她的高跟鞋落在地板上的时候，她听到隔壁房间里的两个人迅速分开了。

她走了进去。尼尔森正在点烟，诺埃尔背过身去，显然是在椅子上找帽子或钱包。妮可没有愤怒，而是怀着盲目的恐惧，将玻璃花瓶扔了出去，或者更确切地说，从自己的怀里推了出去。如果说她是冲着谁扔的话，那个人必然是尼尔森，但她内心强烈的情感已经注入了这个没有生命的物体，只见花瓶径直飞过了他，诺埃尔·德洛内刚转过身，就被狠狠砸中了脑袋和侧脸。

"在那儿别动！"尼尔森喊道。诺埃尔缓缓地坐到面前的椅子上，她的手慢慢抬起，捂住了脸的一侧。完好无损的花瓶在厚厚的地毯上滚动着，花儿散落了一地。

"小心！"尼尔森走到诺埃尔的身边，试图拿开她的手，检查有无大碍。

"那是什么？是血吗？"诺埃尔用法语低声问道。

他强行扒开了她的手，喘着气说道："不，只是花瓶里的水！"然后，他对来到门口的奥斯卡命令道："拿点儿白兰地酒来！"最后，他对妮可说道："你这个傻瓜，你一定是疯了！"

妮可喘不上气来，什么也没说。当酒被送来时，房间里弥漫着持续的沉默，所有人就像观看手术的人一样。尼尔森为诺埃尔倒了一杯白兰地。妮可向奥斯卡示意要了一杯。每个人都喝下一杯。仿佛没有酒，就没有人胆敢打破沉默。然后，诺埃尔和尼尔森几乎同时开口说道：

"你能帮我找到帽子的话——"

"这真是我见过的最——"

"——我马上就走。"

"——最愚蠢的事情，我——"

他们都看着妮可。

她吩咐道："把她的车直接开到门口。"说罢，奥斯卡立即动身。

"你确定你不用看医生吗？"尼尔森不放心地问道。

"我会去的。"

一分钟后，车子开走了。尼尔森走回来，又给自己倒了一杯白兰地。他的脸上流露出一股缓和的紧张之情，妮可看出了这一点，还看出了他正为自己壮胆，试图尽力直面问题。

"我想知道你为什么要那样做。"他问。"不，别走，奥斯卡。"他预见了这个故事即将散播到全世界去。

"你为什么要——"

"哦，闭嘴吧！"妮可厉声说道。

"即便我吻了诺埃尔，也没什么大不了的。你的所作所为完全没有任何正当的理由。"

她轻蔑地回应道："我听到你对她说的话了。"

"你疯了。"

他说的好像她是个疯子似的，野蛮的愤怒立刻填满了她。

"你这个骗子！一直以来，你都装得那么老实，还对我的事那么挑剔。在背后，你却一直在搞暧昧，和那个小——"

她听到自己亲口说出了那个脏词后，仿佛发疯了一般，扑向尼尔森的椅子。他为了避开这突如其来的攻击，迅速地抬起手臂，不料指关节直接敲在了她的眼窝上。妮可就像十分钟前的诺埃尔，用手捂住脸，哭着倒在地板上。

"你还没闹够吗？"奥斯卡吼道。

"够了，"尼尔森承认，"我想，够了。"

"你到走廊上冷静一下吧。"说罢，奥斯卡把妮可拉到沙发上，坐在她身边，握着她的手。

"怎么样了，宝贝？"他一遍又一遍地说道，"你以为你是职业拳击手吗？你不能随便打法国女人，她们会起诉你的。"

"尼尔森对她说，他爱她，"她歇斯底里地喘着气说，"她说她会在老地方见他……他现在要上那儿去了吗？"

"他在外面的阳台上走来走去。他正在为不小心打到了你而愧疚，也在为私会诺埃尔·德洛内而愧疚。"

"噢，他的确应该这样。"

"你可能听错了，逢场作戏嘛，这也证明不了什么。"

二十分钟后，尼尔森突然走了进来，跪在妻子的身旁。奥斯卡·戴恩再次体会到，自己付出的远比得到的多。他小心翼翼地退到门口，一点儿也不留恋的样子。

一个小时后，尼尔森和妮可手挽着手从别墅里出来，慢悠悠地向咖啡馆走去。他们没有开车，而是选择了步行，仿佛想要回归曾经拥有的简单生活，仿佛想要解开一些明显纠缠不清的心结。妮可接受了他的解释，不是因为他的话可信，而是因为她热切地希望那些话都是真的。他们俩都面带歉意，沉默不语。

这个时间段的咖啡馆很是惬意，夕阳的余晖从黄色的遮雨篷和红色的遮阳伞里垂洒而下，仿佛是从彩色玻璃里透射进来的。妮可环顾四周，瞥见了那天早上偶遇的年轻女子。她和一个男人在一起，尼尔森立刻认出，他们就是三年前在阿尔及利亚结识的那对年轻夫妇。

"他们变了好多，"他评论道，"我想我们也变了，但没有变得那么多。他们看起来更加沧桑了，而且他看起来沉迷于酒色。浅色的眼睛总是比深色的眼睛更容易看出一个人的放纵。这女孩的确很漂亮，但她的脸上也有掩盖不住的沧桑。"

"我很欣赏她。"

"你想让我去问问他们是不是那对夫妇吗？"

"不要！不要打扰自得其乐的游客。他们有自己的朋友。"

话音刚落，有几个人加入了那对夫妇的餐桌。

"尼尔森，今晚是个好时间吗？"妮可问道，"你觉得我们在这件事之后，能去戈尔丁家吗？"

"不仅能去，而且我们必须去。如果这个故事在我们缺席的情况下传开了，只会给他们提供一个茶余饭后的谈资……喂！发生什么了——"

咖啡馆的另一边突然爆发了暴力事件。一个女人尖叫起来，一桌子的人不约而同地站了起来，来回涌动。接着，其他几桌的客人也纷纷起身，推搡着向前进。凯利夫妇看到了他们刚才正在讨论的那个女孩，那张苍白的脸气得面目全非。惊慌失措的妮可不由得捏住了尼尔森的袖子。

"我想离开这儿。我再也受不了了。带我回家。大家都疯了吗？"

在回家的路上，尼尔森瞥了一眼妮可，突然意识到他们根本无法前往戈尔丁家的游艇上吃晚饭，因为妮可眼睛下面的瘀青越来越明显了。估计到了晚上十一点，再好的化妆品也无法掩饰她的"黑眼圈"。他的心一沉，决定在到家之前，绝口不提赴宴一事。

三

在宗教训示中，有一些关于避免罪恶的明智建议。一个月后，凯利夫妇去了巴黎，他们认真地列了一张清单，上面写着他们不想再见的人和不想再去的地方，包括几家著名的酒吧、各式各样的晨间俱乐部、所有的避暑胜地和夜总会（一两家高雅之所除外）。这些地方都是为了狂欢而狂欢——狂欢得飘然欲仙、放浪形骸——成了当季的重点。

在凯利夫妇决定绝交的人中，有四分之三是他们在过去两年里相处过的人。他们这样做并不是出于势利，而是为了自我保护，但是，他们心中不免有一种恐惧感，害怕自己将永远与人际交往隔绝。

然而，这个世界总能挑逗人类的好奇心。一些人之所以被另一些人视为眼中宝，仅仅是因为他们拥有难以接近的特质。夫妻俩很快发现，有些巴黎人只对那些离群索居之人感兴趣。他们认识的第一批人主要是美国人，其中掺杂着一些欧洲人；第二批人主要是欧洲人，其中夹杂着一些美国人，后者才是所谓的"社交圈"。他们偶尔能接触高层人士，包括身居高位之人、家财万贯之人和稀有少见的天才，但毫无例外，他们都是有权有势之人。凯利夫妇无法接触到大人物，于是转而结交了一些比较保守的新朋友。尼尔森重拾了绘画的兴趣，并且开办了自己的画室。他们还参观了布朗库希、莱热和德尚的画室。他们似乎比过去更有归属感了。每当提到某个奢华的宴会时，他们不仅会对头两年的欧洲生活心生鄙弃，还会称过去的熟人为"那帮人"和"浪费生命的人"。

他们虽说遵守自己定下的规矩，但还是经常在公寓里招待客人，也经常到别人家里做客。这对俊男靓女聪明伶俐，他们开始懂得什么可为、什么不可为，并能做出相应的调整。而且，他们天生慷慨大方，一般情况下乐于请客买单。

当一个人单独外出时，另一个人常常会喝酒。妮可倒是很少这么做，因为她害怕丧失她的优雅气质，害怕失去那一缕朝气，害怕丢失来自他人的一丝赞美之光。然而，尼尔森在遭遇内心的挫败后发现，无论是在小型晚餐上，还是在更喧嚣的世界里，喝酒的欲望都一样有增无减。他并不是一个酒鬼，既没有做出酒后出格的举动，也没有喝得烂醉如泥，但没有酒精的刺激，他就提不起劲来外出社交。在巴黎生活了一年后，妮可决定要一个孩子，同时想借此让尼尔森蜕变为一个认真负责的男人。

他们与奇克·萨罗莱伯爵的相遇纯属巧合。这位伯爵是一位极具个人魅力的奥地利王室成员。他既不装腔作势，也没有巨额的财富，但他的人脉仍然广布于法国的交际圈和金融圈。他的妹妹嫁给了德拉戴尔侯爵马奎斯·德·拉·克洛斯（马奎斯除了古代贵族的出身外，还是一位成功的巴黎银行家）。说得委婉一点，奇克伯爵四处游荡，实际上，他就像另一个领域的奥斯卡·戴恩，到处白吃白拿。他对美国人有着特殊的好感，殷切地倾听着他们的话语，仿佛他们会不经意泄露赚钱的秘方。在一次偶然的相遇后，他对凯利夫妇产生了浓厚的兴趣。

妮可备产的几个月，奇克伯爵频繁地登门拜访，不厌其烦地打听着关于美国犯罪、俚语、金融和礼仪的话题。只要当他没地可去的时候，他就会前来做客，吃上一顿免费的饭菜，并心照不宣地说服妹妹登门拜访，妮可对此感到受宠若惊。

久而久之，每当妮可去医院时，奇克伯爵就会来家里，与尼尔森为伴。妮可其实不赞同这个约定俗成的安排，因为他们单独聚在一起的时候总会喝酒。在妮可准备生育的那一天，奇克伯爵带来了一个消息，说他的妹夫决定在塞纳河上举办著名的运河船派对，邀请凯利一家届时参加，并且贴心地将日程安排在宝宝出生的三周后。妮可住院的同时，奇克搬进了公寓。

妮可顺利产下了一个男孩。有一段时间，她谁也不关心，包括他们的地位和价值。她甚至为自己之前的势利感到诧异，因为与每天八次抱在怀里的小家伙相比，一切都显得微不足道了。

两周后，她带着孩子回到了公寓，但奇克和他的男仆仍然留了下来。凯利夫妇倒是通情达理，他们最近逐渐领会了妥协的微妙之处，猜想他只是想待到他妹夫的派对结束再走。但小小的公寓里早已人满为患，妮可还是希望他能早点儿离开。不过，她的老观念——"如果必须要和人打交道，那也应该与最尊贵的人打交道"——再次说服了自己，于是，她接受了前往德拉戴尔侯爵派对的邀请。

当她躺在长椅上准备派对的前一天，奇克前来介绍了当天的安排，顺便间接表彰了自己的功劳。

"每位出席的客人都必须在上船前喝两杯美式鸡尾酒——作为入场券。"

"我还以为那些非常时髦的法国人——比如圣日尔曼郊区的人——是不喝鸡尾酒的。"

"哦，但是我的家族非常现代。我们吸纳了许多美国的习俗。"

"哪些人会来？"

"每个人！巴黎的每一个人。"

许多大人物——在她的眼前闪现。第二天，她在和医生聊天时，忍不住分享了派对的事情。但医生的眼睛里流露出了惊讶和难以置信的神情，这让她感觉受到了冒犯。

"我没有听错吧？"他追问道，"你是说你明天要去参加舞会吗？"

"是的，没错，"她支支吾吾地说，"为什么这么问？"

"亲爱的夫人，你还需要在家静养两个星期。这两个星期内，你不能跳舞或进行任何剧烈的活动。"

"这太荒唐了！"她大声喊道，"已经过去三个星期了！埃丝特·谢尔曼生完孩子三个星期后都飞去美国了……"

"别管其他人，"他打断道，"每个人的体质不同。你出现了多种并发症，所以必须听从我的安排。"

"但是，我只会去两个小时，因为我肯定还要回家给小桑尼——"

"你连两分钟也不能去。"

妮可从严肃的语气中得知医生是对的，反常的是，她并没有把自己的病情告诉尼尔森。相反，她对他说的是她累了，也许她不去了。当天晚上，她躺在床上，无法入睡，权衡着自己的失望和恐惧。她在为桑尼喂奶时起床，心想："如果我坐豪华轿车，只走十步的路，在椅子上坐上半个小时——"

在最后一刻，卧室里那件盖在椅子上的淡绿色晚礼服让她做出了决定。她要去。

客人们纷纷在登船前接受挑战，兴高采烈地喝下鸡尾酒。妮可在甲板上的混乱和延误中，意识到自己失算了。好在没有正式的迎宾队列，夫妇俩在和主人打完招呼后，尼尔森在甲板上给她找来了一把椅子。

不久，她的虚弱感逐渐消失了。她很高兴自己来了。船上挂满了精致脆弱的灯笼，桥梁的柔和色彩与倒映在塞纳河黑幕上的点点星光交相辉映，仿佛《一千零一夜》在孩子们的梦境中上演。围观的人聚集在岸边，眼里满是渴望。一排排香槟酒瓶像一支行进着的连队；音乐从上层甲板飘浮而下，既不聒噪，也不刺耳，宛如糖霜淋在蛋糕上一样柔和。她很快就发现了，他们不是唯一出席的美国人——利德尔·迈尔斯夫妇出现在甲板的对面。她已经好几年没见到他们了。

她看着人群中的其他人，内心感到一丝失望。如果这不是侯爵最好的派对呢？她想到妈妈明天会来家里做客。接着，她请身旁的奇克为她指认在场的知名人士。当她问起自己熟悉的一些名流时，奇克给出了含糊其词的回答，要么说走了，要么说晚一点儿才来，要么就说无法到场。她似乎看见了那个在蒙特卡洛的咖啡馆里闹事的女孩，但她已经无力确定。游轮无声无息地行进着，她又开始变得虚弱，只好派人去找尼尔森送她回家。

"当然，你可以马上回去。你不必在家里陪我。我马上就要上床睡觉了。"

他把她交给护士。

护士扶她上楼，很快帮她脱下了衣服。

"我累得要命，"妮可说道，"你能帮我把珍珠项链收起来吗？"

"在哪儿呢？"

"在梳妆台上的珠宝盒里。"

"我没找到。"护士过了一会儿，说道。

"那估计是在抽屉里。"

护士把梳妆台翻了个遍，仍然一无所获。

"肯定在那儿。"妮可想要起身站起来，但筋疲力尽地倒了下去，"请再找一遍。所有的首饰都在里面——母亲留给我的珠宝和我的嫁妆。"

"对不起，凯利太太。这个房间里的确没有你说的那条项链。"

"去把女仆叫醒。"

女仆对此毫不知情，但在反复盘问下，她确实想起了一些事情：夫人离开屋子半小时后，奇克伯爵的仆人提着他的行李箱相继出门。妮可在突如其来的剧痛中扭动着。护士赶紧叫来了一位急救医生。她感觉自己似乎等了好几个小时，才等来了尼尔森。他进门时，脸色煞白，眼神涣散，直接向她的房间走去。

"你觉得怎么样？"他喘着粗气问道。接着，他看见了医生，转而问道："怎么了，什么情况？"

"噢，尼尔森，我病得很严重。我的珠宝盒不见了，奇克的男仆也不见了。我已经报警了……也许，奇克知道他逃到哪儿去了。"

"奇克再也不会进这个屋子了，"他一字一顿地说，"你知道那是谁的派对吗？你想过那是谁的派对吗？"他突然放声大笑，"那是我们的派对——我们的派对，明白吗？是我们举办的——我们什么都不知道，但我们的确就这么做了。"

　　医生急着用法语说道："先生，夫人现在不能再受刺激了。"

　　"那位主办派对的侯爵早早就退场回家了。我当时就觉得很奇怪。直到最后，我才心生怀疑。到头来，他们全都只是客人——奇克邀请了所有人。派对结束后，承办商和乐手一起找上我，问我应该把账单寄到哪里。那个该死的奇克还厚着脸皮告诉我，他以为我一直都知道，还说他所承诺的只是他妹夫和妹妹会出席。他说，也许我当时喝醉了，也许我不懂法语——好像我们从来都只对他说英语似的。"

　　"别付钱！"她说，"我是不会付钱的。"

　　"我就是这么说的，但他们会起诉我们的。他们要一万二千美元。"

　　妮可听到这个数字后，一下子放松下来，喊道："噢，得了吧。我不在乎！我的珠宝丢了，我病了，病了！"

四

　　既然这是一则异国旅行的故事，地理位置的重要性自然不言而喻。凯利夫妇在游历了北非、意大利、里维埃拉、巴黎等地之后，最终再去瑞士也就不足为奇了。鲜有故事在瑞士开头，但有很多故事在瑞士收尾。

　　虽然凯利夫妇在好几个停靠港都有重新选择目的地的机会，但他们还是选择了瑞士，因为他们别无选择。正值结婚四周年之际，他们在一个春日来到了位于欧洲中心的湖泊——一个笑意盈盈的宁静之地，周围遍布田园般的山岳和明信片般湛蓝的湖水。水面之下暗潮汹涌，从欧洲各个角落席卷而来的种种苦难仿佛在拖着他们往下拽。有人前来缓解疲惫，也有人选择在此结束生命。这里有学校，也有年轻人在阳光明媚的沙滩上戏水；这里有囚禁了波尼瓦尔的地牢和加尔文的城市，拜伦和雪莱的魂魄仍在夜色朦胧的海岸上航行……然而，等待着尼尔森和妮可的只有沉闷的疗养院和旅馆，日内瓦湖透着阵阵荒凉。

　　夫妻二人的健康状况同时恶化，不幸的命运紧追着他们不放，在这厄运中，他们仿佛产生了某种深刻的共鸣。妮可躺在一家旅馆的阳台上，她在连续两次手术后，慢慢恢复了生机，而尼尔森则在三公里外的一家医院里与黄疸病抗争。最终，二十九岁的青壮年体魄帮助他熬过了难关。接下来的几个月里，他必须静养生息。他们时常纳闷，有那么多来欧洲寻欢作乐的人，不幸为什么偏偏降临到他们头上。

"我们的生命中有太多人了，"尼尔森说，"我们从来没有拒绝过别人。第一年没有其他人的时候，我们很开心。"

妮可表示赞同："只要我们能独处——真正的独处——我们就可以为自己创造某种生活。我们会为之努力的，对吗，尼尔森？"

还有一些时候，他们也急切需要他人的陪伴，但又对彼此隐瞒这一点。在那段日子里，他们仔细观察着每一名国际游客进入旅馆。无论高矮胖瘦，他们希望可以从中找到一个可能有趣的人。现在，他们过上了一种新生活：每天去拜访两位医生，阅读从巴黎寄来的邮件和报纸，以及去山坡上的村庄散步。他们偶尔也会乘坐缆车下山，来到湖边浅灰色的别墅旁，享受那里的游乐场、草地沙滩、网球俱乐部和观光巴士。他们阅读陶赫尼茨出版社的平装本丛书和埃德加·华莱士的黄皮书；每天固定一个小时，看保姆给婴儿洗澡；每周固定三个晚上，在晚餐后欣赏一支无精打采但耐力十足的管弦乐队的演奏。这就是他们的全部生活。

有时，从湖对面覆满葡萄藤蔓的山上会传来阵阵轰鸣声。当地人为了保护葡萄园免受冰雹的侵袭，会不时使用大炮射击逼近的风暴。冰雹来势汹汹，先从天而降，然后山间的急流二次倾泻，在道路和石沟中发出响亮的撞击声，随之而来的还有恐怖黑暗的天空、狂暴的丝状闪电和足以撼动整个大地的雷声。狂风卷着残云吹到了旅馆前。山脉和湖泊消失得无影无踪，独留旅馆孤零零地蜷缩在喧嚣、混乱的黑暗中。

正是在这样的风暴中，仅仅是打开一扇门，狂风暴雨就闯进了大厅。有一对男女进来避难，和其他神经紧张的人坐在楼下。凯利夫妇几个月来第一次见到了面熟的人。他们一眼就认出了那对夫妻——自从在阿尔及尔第一次相遇以来，已经碰面很多次了。尼尔森和妮可心中闪过一个无法言说的念头：在这片荒凉之地，命运似乎注定了他们会相识。与此同时，他们发现其他伴侣也在用犹豫不定的眼神观察着那对夫妻。某种力量让凯利夫妇望而却步了。

他们刚刚不是还在抱怨生活中有太多人吗？

后来，风暴渐渐平息为一场轻柔的雨。走上玻璃连廊，妮可发现自己离那个女孩很近。她打着看书的幌子，仔细打量着那张脸。她立刻看出，那是一张写满好奇的脸，可能在算计着什么；眼睛闪烁着机敏，但看不出一点儿宁静，始终在扫视着每一个人，仿佛在估算他们的利用价值。妮可心生厌恶："可怕的利己主义者。"但她那苍白的两颊、眼窝下两道浅浅的眼袋，再加上胳膊和腿部的松弛，都暴露出健康不佳的信号。她衣饰奢华，但透露出一丝马虎，仿佛不把旅馆里的人当回事。

总体来说，妮可对那个女孩的印象并不好，庆幸自己没有上前搭话。但她也很奇怪，自己之前竟然对她的这些缺点毫无察觉。

晚饭时，听了妮可的感受后，尼尔森表示赞同。

"我在酒吧碰到了一个男人，我注意到我们俩都只要了一杯矿泉水，没有点酒，于是我想着和他聊几句。但我透过镜子看清他的脸后，决定不开口。他看起来是那么虚弱和自甘堕落，甚至有点儿刻薄。我猜，他至少要喝上半打酒，才能睁开眼睛，捋顺舌头。"

雨在餐后停了，外面的夜色很好。凯利夫妇渴望呼吸新鲜的空气，于是向漆黑的花园走去。他们在路上意外偶遇了刚才聊到的人，但那两个人突然转身走向另一侧的一条小径。

"我估计，他们也不想认识我们。"妮可笑着自嘲道。

他们在野玫瑰丛和数不清的花坛之间游荡，沿途嗅到了阵阵潮湿香甜的气息。在旅馆的下方，三百米高的露台俯瞰着湖面。远方闪烁着一串项链般的灯光，标注了瑞士的蒙特勒镇和韦威镇的位置；再往后看，项链的吊坠处发出暗淡的光，洛桑市便在那里；湖对岸朦胧的光点是法国的埃维昂镇。从身后的某个地方——可能是活动室——传来了浑厚的舞曲声。他们猜是美国音乐。不过，他们已经好几个月没听过美国曲调了，只剩记忆深处的遥远回响。

风暴消散后，一堆黑色的云层滞留在天空中。月亮穿过黑云，在米迪峰上缓缓升起，湖面随即亮了起来。音乐和远处的灯光就像希望，他们望着远方，就像孩子望着自己的好奇之物，这段距离是那么迷人。尼尔森和妮可各自在脑海中回忆着一切如当下这般静好的时光。

妮可温柔地挽住尼尔森的胳膊，把他拉近。

"我们可以重新拥有一切，"她轻声说道，"尼尔森，我们能一起试试吗？"

这时，两个黑暗的身影走进附近的阴影里，站在湖边俯视着。

妮可不再说话了。尼尔森搂住她，将她抱得更紧了。

"为什么我们一个接一个地失去了平和、爱和健康？"她继续说道，"我们只是不知道这究竟是怎么一回事。如果我们能琢磨明白，如果有人能告诉我们，我相信我们可以试着改变。我会非常努力的。"

最后一层黑云在阿尔卑斯山的上空浮起。突然，西方燃起了一道煞白的闪电。尼尔森和妮可立刻转身，与此同时，另一对夫妇也转过身来。霎时间，黑夜如同白昼般明亮。然后，黑暗再次降临，随之而来的是最后一声低沉的雷鸣。妮可发出了一声恐惧的尖叫，猛地扑进尼尔森的怀中。

即使在昏暗中，妮可也将尼尔森的脸色看得一清二楚，那张脸和她一样苍白而慌张。

"你看见了吗？"她低声叫道，"你看见他们了吗？"

"嗯！"

"他们就是我们！是我们！你看到了吗？"

他们浑身发抖，紧紧地抱在一起。乌云与漆黑的群山融为一体。过了片刻，尼尔森和妮可环顾四周，在宁静的月光下，终于只剩他们两个人。

本篇刊登于《周六晚邮报》

1930年10月11日

风中家族

一

两个人驱车上山，向着血红的太阳奔去。路旁的棉花田看起来稀薄而干枯，松树间没有拂过一丝微风。

"等我彻底酒醒了，"医生开口说道，"我是说，等我彻底酒醒了——我会看到一个新世界。和你看到的完全不一样。我就像我那位只有一只好眼睛的朋友，他为了治好另一只坏眼睛，戴上了矫正视力的眼镜。结果，他不仅老是看到椭圆形的太阳，还常常在拐弯的路边摔倒。最后，他只得把眼镜扔了。就算我大半天都醉醺醺的——好吧，那我只会等到酒醒的时候，再去做我能做的工作。"

"是啊。"他的弟弟吉恩拘谨地附和道。医生此刻有点儿微醺，吉恩欲言又止，找不到改变话题的契机。他和许多底层阶级的南方人一样，有一种根深蒂固的谦卑。这是所有看天吃饭的穷乡僻壤之地普遍具有的特色。如果等不到片刻的沉默，他是不会主动谈论新话题的，福雷斯特偏偏就是不肯住口。

"我很开心，"他继续说，"也很痛苦。酒精有时让我大笑，有时叫我哭泣。我逐渐放慢脚步，生活却加快了节奏。结果，我的内心越空虚，外界的新鲜事物就越吸引我。我已经毁掉了朋友们对我的尊重，我察觉到我的情感也进入了代偿期。我的敏感、我的怜悯不再有依托的对象，而是可以随意地倾泻到身边的任何事物上。因此，我现在成了个大好人——比我还是一个好医生的时候好太多了。"

一个弯道后，车子驶上了直路，吉恩望见了远处自家的房子，想起了妻子要求他发誓不再喝酒时的表情。他再也等不下去了，说道："福雷斯特，我想告诉你一件事——"

就在这时，医生突然把他的车停在了松树林后面的一座小房子前。前门台阶上，一个八岁的小女孩正和一只灰猫嬉戏。

医生对吉恩说："这是我见过的最可爱的小孩。"然后，他故意用一种格外严肃的腔调对孩子说："海伦，你需要给你的猫咪开点儿药吗？"

小女孩笑了起来。

"嗯，我不知道，"她拿不准地回答道。说罢，她和猫儿又玩起了另一个游戏。他们的到来倒是打扰了她的兴致。

"猫咪今天早上给我打电话了，"医生继续逗乐道，"她说她的妈妈不爱她了，问我能不能从蒙哥马利为她找来一位好护士。"

"她才没有呢。"小女孩气势汹汹地回应道，把猫抱得紧紧的。医生从口袋里掏出一枚硬币，扔到台阶上。"我建议你给猫咪喂上一剂牛奶，"他一边说一边发动了汽车，"晚安，海伦。"

"晚安，医生。"

重新上路后，吉恩又开口了："听着，停车，"他说，"停在这儿，再往下开一点儿……对，就是这儿。"

医生踩下刹车。他们看向对方。他们都四十多岁，身材粗壮，相貌透露出某种禁欲主义的特质。兄弟俩的不同之处在于，医生的眼镜下有一双难掩血丝、充满泪水的酒鬼的眼睛，而且他的脸上刻满了城市生活的皱纹。而吉恩有一对漂亮的蓝丝绒般的眼睛，他的皱纹则带有田园生活的气息，仿佛其中蕴藏着撑起眼睛的一排排房梁。然而，最鲜明的对比莫过于，吉恩·詹尼是一个乡下人，而福雷斯特·詹尼显然是一位受过良好教育的医生。

"怎么？"医生问道。

"你知道平克回来了吗？"吉恩看着前方的马路，问道。

"我听说了。"医生不动声色地回应道。

"他在伯明翰跟人吵了一架，有人开枪打中了他的头。"吉恩迟疑了片刻，继续说道，"我们请波赫尔医生来，是因为我们以为你不愿意来——也许你不愿意来——"

"我当然不愿意来。"福雷斯特医生冷冷地赞同道。

"可是，福雷斯特，你听我说，事情是这样的，"吉恩争取道，"你其实知道是怎么回事——你常说波赫尔医生是个蹩脚医生。呸，我也觉得他啥也不是。他说子弹压迫——压迫着脑袋，弄出来，反而会脑浆四溅。他还让我们把他送到伯明翰或蒙哥马利去，但平克的身体现在太虚弱了。医生也帮不上忙。我们想要——"

"没可能的。"他的哥哥摇着头说，"我不会去的。"

"我只是想让你去看看他，告诉我们该怎么做。"吉恩恳求道，"福雷斯特，他昏迷不醒了。他不会认出你，你可以把他当作陌生人。最要命的是，他妈妈快要疯了。"

“她是完全被动物本能控制了。”医生从腰间抽出一个瓶子，里面是掺了水的亚拉巴马玉米酒，喝了起来，“你我都知道，那孩子一出生就应该被淹死。”

吉恩畏缩了，承认说：“他的确不是什么好人，但是……我不知道怎么说了——你知道他现在躺在那儿……”

酒精逐渐进入了医生的五脏六腑，他感到自己受到一种想做好事的本能的驱动，倒不是想纠正自己的偏见，只是为了证明自己的意志尚存，自己的意志仍然不畏艰险，敢与命运一搏。

“好吧，我去见他，”他说道，“但我不会救他的，因为他应该去死。即使他死了，也无法弥补他对玛丽·德克尔所做的一切。”

吉恩不禁噘起了嘴：“福雷斯特，你真是这么想的吗？”

“当然！”医生呼喊着，“我就是这么想的。她活活饿死了，她一整个星期只喝了几杯咖啡。你只要看看她的鞋子，就知道她到底走了多远的路。”

“可是波赫尔医生说——”

“他能知道些什么？他们在伯明翰高速公路上发现她的当天，我就去做了尸检。她除了饥饿，没有别的问题。

那——那，"他的声音激动得发抖，"那都是因为平克厌倦了她，把她赶出了家门。她其实一直在想办法回家。几周后，他意外伤残，回家等死。这倒是正合我的心意。"

医生在说话之际，已经恶狠狠地挂上挡，紧接着猛地松开了离合器。不一会儿，他们就停在了吉恩·詹尼的家门口。这是一幢以砖石为基础的方正木板房，修剪漂亮的草坪隔开了不远处的农场。这幢房子比本丁镇和周围农业区中的建筑物好得多，但在房屋类型和内部装潢方面别无二致。在亚拉巴马州这一地区，最后几座种植园中的房屋早已不复存在，那些高傲的石柱在雨水、腐烂和贫穷的冲击下垮塌下来。

吉恩的妻子露丝从门廊上的摇椅上站了起来。

"你好，医生。"她有点儿紧张地向他问好，不敢直视他的眼睛，"你最近都不怎么来了。"

医生和她对视了几秒后，才问候道："近来可好，露丝？"接着，他不忘向在母亲身边的小男孩和小女孩打招呼："嗨，伊迪丝。你好呀，尤金。"当那个十九岁的壮小伙抱着一块圆石头从屋角走来时，他继续招呼道："嗨，布奇！"

"我们要在门前砌一堵矮墙——这样会更整洁一

些。"吉恩解释道。

他们一家对医生仍然怀有一种挥之不去的敬重之情。就算他们偶尔会埋怨他几句，也只是因为他再也不是他们口中那位大名鼎鼎的亲戚了——"没错，蒙哥马利最好的外科医生之一，先生。"他的确曾经凭借自己的学识在广阔的世界占据一席之地，但后来他的玩世不恭、酗酒成瘾彻底葬送了自己的前程。两年前，他回到老家，买下了当地药店的一半股份。虽然他保留了自己的医生执照，但当地人只有在无医可寻的时候才会去找他。

"露丝，"吉恩说道，"医生说他要看看平克。"

平克·詹尼躺在一个黑暗的房间里，他的嘴唇在新长出的胡须下扭曲着，显得刻薄而苍白。当医生解开他头上的绷带时，他的呼吸变成了低沉的呻吟，但他胖胖的身体一动不动。几分钟后，医生重新包扎好绷带，和吉恩与露丝走回门廊。

"波赫尔不肯做手术吗？"他问道。

"不是的。"

"那为什么当时不直接在伯明翰动手术？"

"我也不知道。"

"呃。"医生戴上了帽子，"那颗子弹必须要取出来，

— 191 —

而且要尽快。颈动脉鞘已经受到了压迫。但是——总之，他可能坚持不到蒙哥马利。"

"那我们该怎么办？"吉恩倒吸了一口气，他的问题引来了一片沉默。

"再去找波赫尔，仔细考虑一下。或者请蒙哥马利的医生过来。手术成功的概率只有25%，但不做手术，他必死无疑。"

"我们去蒙哥马利能找谁呢？"吉恩问道。

"随便找一个好的外科医生都可以动刀。即使是贝勒，只要他有胆，也能做到。"

突然，露丝·詹尼走近他，眼神里燃烧着动物般的母性光辉。她一把抓住他敞开的大衣，说道："医生，你来吧！你能做到的。你曾经是和他们一样优秀的外科医生。求你了，医生，你来吧。"

他往后退了几步，挣脱了她的手，然后伸出了自己的双手。

"看见这双手抖成什么样了吗？"他故意揶揄道，"仔细看看我，我根本不敢上手术台。"

"你完全能做好的，"吉恩急忙说，"喝点儿酒，壮壮胆。"

医生摇了摇头，看着露丝说："不行的。你看，我靠不住的。一旦出了什么岔子，到时候都是我一个人的错。"

他的表现欲开始膨胀，措辞也更加谨慎了："当时，我说玛丽·德克尔死于饥饿，但大家都质疑我，因为他们觉得我是个酒鬼。"

"我可没那么说。"露丝几乎喘不上气来，她说了谎。

"你的确没有说。我提到这件事，只是为了表明我有多小心。"他走下台阶，"好吧，我的建议是去找波赫尔再谈谈。如果他还是不愿意，那就从城里请个医生来。晚安。"

他还没走到门口，露丝就追了上来，泪水夺眶而出，眼睛里闪着愤怒的白光。

"我确实说过你是个酒鬼！"她叫道，"你说玛丽·德克尔是饿死的，你说得好像这全都是平克的错——而你呢，整天都泡在酒里！大家怎么能确定你说的是不是醉话？你为什么那么关心玛丽·德克尔？一个年纪只有你一半大的女孩？她经常去你的药店聊天，大家都看在眼里——"

跟在后面的吉恩一把抓住了她的胳膊，说道："闭嘴，露丝……你开车回去吧，福雷斯特。"

福雷斯特继续起程上路。他在下一个拐弯处停下车，喝了几口瓶子里的酒。他隔着休耕的棉花田，望到了玛丽·德克尔曾经住过的房子。如果是在六个月前，他可能会绕道去问她为什么没有来店里领免费的苏打水，或者用推销员早上留下的化妆品小样来逗她开心。他没有和玛丽·德克尔坦白自己对她的感觉，也从未打算坦白。她十七岁，而他已经四十五岁了，并且他对未来已经不抱什么期望了。直到玛丽和平克·詹尼私奔到伯明翰后，他才意识到自己对她的爱在孤独的生活中到底占据着多重的分量。

他的思绪又回到了弟弟的房子。

"我要是个正人君子，"他想，"就不会那样做。换一个人的话，很可能会为那条脏狗搭上性命。他要是死了，露丝会说是我杀了他。"

他越驶越远，心情也越来越糟。他难过的并不是他本可以采取不同的行动，而是因为这一切都太过丑陋了。

他进家还没有十分钟，就有一辆汽车嘎吱嘎吱地停在门外，接着布奇·詹尼走了进来。他抿紧了嘴，眯着眼睛，仿佛一直在压制体内熊熊燃烧的怒气，找到合适的目标才会倾泻而出。

"嗨，布奇。"

"福雷斯特叔叔，我来是想告诉你，你不能跟我妈妈那样说话。我要杀了你！你竟然跟我妈那样说话。"

"布奇，闭嘴，坐下。"医生严厉地呵斥道。

"她已经因为平克的事情生病了，你还过来跟她这么说话。"

"布奇，你的母亲对我说尽了侮辱之词，但我照单全收。"

"她只是不知道自己在说什么，你应该明白这一点。"

医生想了一会儿，说道："布奇，你觉得平克是个怎样的人？"

布奇有些尴尬地犹豫了一下，回答道："嗯，我从来没有太关注过他，"——他的语气变得挑衅起来——"不过，他毕竟是我的亲哥哥——"

"等一下，布奇。那他那么对待玛丽·德克尔，你是怎么看的？"

现在，布奇已经解下了包袱，释放了他的怒火："这不是重点。重点是谁欺负了我的妈妈，我就要找他算账。你必须得到一些教训，才算扯平。"

"我向来都是自己教训自己，布奇。"

"我不管。我们准备再去求波赫尔医生做手术，或者从城里找个医生来。要是这两条路都行不通，我就会来接你过去。你必须把子弹取出来。你最好不要逼我拿枪指着你做手术。"他点了点头，有些上气不接下气，然后转身出门，上车而去。

"我有预感，"医生喃喃自语道，"我在奇尔顿郡再也过不上太平日子了。"他吩咐他的黑人童仆将晚饭端上桌。然后，他为自己卷了根烟，走到屋后的门廊上。

天气突变。天空阴沉沉的，草地无休止地摇动着，突然有几滴雨落下，却又没了后续。一分钟前还很温热，现在他额头上渗出的汗液突然就变得清凉了。他用手帕擦了脸，感觉耳朵里嗡嗡作响，于是咽下一口口水，摇了摇脑袋。有那么一会儿，他以为自己可能病了。接着，嗡嗡声突然从他体内抽离出来，逐渐变成了一种越来越响、越来越近的声音，就像火车驶近时发出的轰鸣声。

二

布奇·詹尼在回家的半路上，才发现一片巨大的黑云不仅正在逼近，而且云的下缘已经触及地面。就在他茫然地盯着看的时候，这团云似乎开始向外蔓延，一直遮蔽了整片南方的天空。他看到云中泛出微暗的电光，还听到越来越大的轰鸣声。他现在正身处强风之中，折断的树枝、吹散的残骸和碎屑，以及在渐浓的夜色中不可识别的巨型物体，都从他身边飞过。他凭直觉下了车，但他此时已经几乎无法在大风中站立了。接着，他朝着一座堤岸跑去，或者更准确地说，他是被风扔了过去，牢牢地钉在了堤岸上。有那么一两分钟，他置身于黑漆漆的混乱中心。

起初只有声响，而他正是被这声音占据和吞没，深陷其中，融为一体，难分难解。这不仅是一系列组合而成的声音，更是纯粹的声音本身，宛如满弓拉过宇宙之弦发出的尖鸣声。声与力已然合二为一，将他死死地按在岸边，他感觉自己就像被钉在十字架上似的。在这一刹那，他的脸被固定在一侧，眼睁睁地看着自己的汽车突然跳了起来，接着在半空中旋转了半圈，然后是一连串上蹿下跳，最后绝望地栽进了一片田野中。一阵狂轰滥炸的声响随即而来，持续的炮声和重型机枪的噼啪声响成一片。他在迷迷糊糊中感到自己成了爆裂曲中的一个音符，在河岸边被托举起来，迅速越过一大片眼花缭乱的枝叶。后来，他彻底丧失了意识，不知道过去了多久。

身体的疼痛感逐渐唤醒了他。他躺在树顶的两根树杈之间；空气中充斥着灰尘和雨水，他什么也听不见；过了很长一段时间，他才意识到自己所处的那棵树已经被刮倒了，扎在身下的松针离地面只有一米五高。

"喂，有人吗！"他恼怒地大喊道，"喂，有人吗！好一场大风！喂，有没有人！"

疼痛和恐惧让他的感官变得异常敏锐。他推测，当那棵大松树被飓风连根拔起时，他正好在旁边，于是他直接被这根巨大的扳手弹射了出去。他将全身上下摸了个遍，发现自己的左耳里塞满了泥土，仿佛有人想要定制耳模似的。他的衣服破烂不堪，外套的后缝线也被撕裂了。他能感觉到，有一股游荡的风试图扒光他的衣服，想从他的腋下切入他的身体。

他下地后，朝着父亲家的方向前进，但周围已然是一片陌生的新天地。那玩意儿——他不知道"龙卷风"这个词——划出了一条四百米宽的小路。尘埃落定，眼前的这片景色是他前所未见的。他惊奇地发现，现在居然能一眼望见本丁镇教堂的塔楼，之前这里明明还隔着一片小树林。

但这里又是哪里呢？布奇心想，应该离鲍德温家不远了。他磕磕绊绊地路过了好几堆随意摆放的木材，感觉这里之前应该是一座木材厂。直到此时，他才后知后觉鲍德温家已经不复存在了。他赶紧慌乱地四处张望，发现山上既没有尼克罗尼家，山下也没有佩尔策家。除了雨水落在倒地的树木上之外，没有灯光，也没有声音。

他突然奔跑起来。当远处父亲的房子出现在视线中后，他才敢发出一声轻松的叹息。走近后，他才意识到少了些什么。外屋不见了，平克的房间也被风刮得不见了踪影。

"妈妈！"他喊道："爸爸！"没有任何回应。一只狗从院子里跳出来，舔了舔他的手……

二十分钟后，当福雷斯特医生把车停在自己的药店前时，天已经完全黑了，电灯也已经熄灭了，但街上还有人拿着煤油灯。不一会儿，一小群人聚集在药店门口。他急忙打开了门。

"谁撬开了威金斯医院的大门？"他指着街对面说道。

"我的车里有六个人受了重伤。我想找个人把他们抬进去。波赫尔医生在吗？"

"他来了。"急迫的声音在黑暗的人群中传开。这时，波赫尔医生拿着医疗箱，从人群中走了出来。两个男人在煤油灯下，面对面站着，忘记了双方都看不惯彼此的事实。

"天知道还会送来多少伤患。"福雷斯特医生说，"我去换身衣服，拿一些消毒剂来。会有很多人骨折——"他提高了声音，"谁给我拿个桶来？"

"那我先去处理了，"波赫尔医生说道，"那边有六七个人一瘸一拐地来了。"

"已经采取措施了吗？"福雷斯特医生对跟着他走进药店的人问道，"联系伯明翰和蒙哥马利那边的人了吗？"

"电话线损坏了，好在电报发过去了。"

"好吧，去把维塔拉的科恩医生叫来，告诉所有有车的人沿着威拉德派克公路，穿过科西嘉岛沿途的所有道路救助受伤的人。黑人区商店旁边的十字路口处，一栋房子都没有了。我来的时候，看到很多人都在往这里赶。他们都受伤了，但我没有地方，也没有帮手。"他一边说，一边把绷带、消毒剂和药物扔进一张毯子里。"我还以为我的库存比这些多得多呢！对了！"他叫道，"谁开车去看看伍利家住的那片山谷。开车穿过田野——道路被封锁了……那个戴帽子的——埃德·詹克斯，没错吧？"

"是的，医生。"

"你看到我打包什么了吧？你把店里所有类似的东西都打包起来，然后搬到对面，明白吗？"

"遵命，医生。"

当福雷斯特医生走到街上时，受灾群众正蜂拥而来——一个妇女带着一个受了重伤的孩子，一辆马车上满是呻吟着的黑人，还有一些失去理智的人在喘着粗气说着可怕的事故。混乱和歇斯底里充斥在黑灯瞎火之中。一位浑身是泥的伯明翰记者驾着一辆双轮马车而来，车轮碾过散落在地上的电线和堵塞街道的树枝。警车从库珀县出发，传来的警笛声在五十公里之外都听得一清二楚。

这家医院曾经因为没有病人而关闭了三个月，而此时此刻，医院门前早已人满为患。福雷斯特医生挤过一群骚乱的苍白面孔，走进最近的病房，对那排等候已久的旧铁床心存感激。波赫尔医生已经在走廊对面忙碌了。

"给我拿六盏灯，"他命令道，"波赫尔医生需要碘酒和黏合剂。"

"好，就这样……你，辛奇，抵在门边，把所有人都挡在外面，不能走动的伤患除外。谁赶紧去杂货店看看有没有蜡烛。"

外面的街道充斥着喧嚣的噪声——妇女的哭泣声、志愿者队伍努力疏通高速公路的呐喊声，以及人群中不时爆发出各式各样的紧急情况。快到午夜的时候，第一批红十字会小组到了，但三位医生和附近村子里的另外两位医生早就丧失了时间的概念。十点钟的时候，死者陆续被抬出来：20个、25个、30个、40个——死亡名单越来越长，人们不再争先恐后地寻求帮助，他们就像纯朴的农民一样，静静地在后方的车库里等候着，而大批受伤的民众——数以百计的人——拥入了原本只能容纳几十个病患的老医院。风暴折断了人们的腿骨、锁骨、肋骨和髋骨，划伤了鼻子、眼睑、耳朵、手肘和后背。从天而降的木板和四处飘飞的碎片也伤到了不少人。还有一个男子甚至被削掉了头皮——他康复后会长出一头新头发的。无论是死是活，福雷斯特医生认识每一张脸，叫得出每一个人的姓名。

"你现在不要急。比利的情况很好。别乱动，让我把这个包扎好。每分钟都有人被送过来，但天太黑了，他们找不到所有的人。好了，奥基太太。这没什么。我来用碘酒擦一下……现在，让我去看看他怎么样了。"

凌晨两点，来自维塔拉的老医生累倒了，但从蒙哥马利来的新医生顶上了他的位置。人们闹哄哄的说话声飘荡在弥漫着浓重消毒水气味的病房里，透过层层加重的疲劳，模糊地传到医生那里。

"……来来回回——我就这样滚过来，又滚过去。我抓住了一棵灌木，但灌木也跟着被卷走了。"

"杰夫！杰夫在哪儿？"

"……我敢打赌，那头猪起码飞了一百公里——"

"——火车幸好及时停了下来。所有的乘客都下了车，帮着拖走了电线杆。"

"杰夫在哪儿？"

"他说：'我们躲到地窖里。'我说：'我们家哪有地窖——'"

"——如果担架不够用了，就去找一些不重的门板。"

"……五秒钟？嚯，感觉至少有五分钟那么久！"

其间，福雷斯特医生听闻，有人在路上看见了吉恩、露丝和他们最小的两个孩子在一起。进城的路上，他经过了他们的家，看到房子还完好无损，便接着赶路了。好运总是眷顾着詹尼家族，医生自己的房子恰好也不在风暴的移动范围之内。

街上的电灯突然亮了起来，福雷斯特医生瞥见了在红十字会门前等热咖啡的人群，才意识到自己早已经筋疲力尽。

"您最好去休息一会儿，"一个年轻人建议道，"我来负责病房这一块。还有两个护士可以帮助我。"

"好的，好的。我看完这一排病人就休息。"

伤患在被包扎完伤口后，会尽快乘坐火车，被送到各个城市。后来的伤员会立刻占据他们的床位。

在福雷斯特医生的面前，还有两床病人急需医治——他在第一床发现了平克·詹尼。

他把听诊器放在了平克的心脏上，听到了微弱的跳动声。平克是如此虚弱，如此接近死亡，但他能在这场风暴中幸存下来。这简直是一个生命的奇迹。他是怎么到这儿的？是谁发现了他？又是谁把他抬过来的？这本身就是一个谜。福雷斯特医生检查了平克的身体，只发现了两根折断的手指、一些轻微的挫伤和划伤，以及每个伤患都有的标志性特征——塞满污泥的耳朵，其他地方并无大碍。医生恍惚了片刻，即使他此时闭上眼睛，也无法在脑海中勾勒出玛丽·德克尔的形象，她仿佛在躲着他。一种完全不牵涉人类情感的纯粹职业操守在他的内心中运作，而他无法叫停这股力量。他伸出自己的双手，发现它们正在微微颤抖。

"真是邪门了！"他咕哝着。

他走出病房，绕过大厅的拐角处，从口袋里掏出没剩多少玉米酒的瓶子，一饮而尽。他再回到病房后，先把两件医疗器械消了毒，然后对平克头骨底部的一块方形区域进行了局部麻醉，子弹射入的伤口已经愈合了。他叫来一名护士站在他身边，然后手持手术刀，单膝跪在了侄子的病床边。

三

两天后，福雷斯特医生开着车，在这哀伤的乡间缓缓转了一圈。在经历了第一个绝望的夜晚后，他便退出了急救工作，因为他觉得自己药剂师的身份可能会让同僚们感到不自在。但在红十字会的组织下，将大批伤者转移到周边地区仍然是一项艰巨的任务，他全身心投入其中。

追踪那股邪风的路径很容易：它脚蹬七里靴，迈着纵横杂乱的步伐，横渡乡间，斜跨树林，甚至优雅地沿着道路前进，然后突然拐一个大弯，回到了老路。沿着"盛开"的棉花地，有时可以寻到风的轨迹。不过，眼前的这些棉花全都是龙卷风撕毁数百床棉被和床垫后铺撒进田地里的即兴创作。

他走到一堆木材旁，想起这里曾是一间黑人小屋。他站在那里，听了一会儿两个记者和两个害羞的黑人孩子之间的对话。那个头上包着绷带的老奶奶坐在一片废墟中，一边啃着不知道从哪儿弄来的肉，一边不停地晃动摇椅。

"你们说风直接把你们吹到了河对岸，但那条河在哪里呢？"其中一个记者问道。

"就是这里。"

"哪里？"

小黑孩们无助地望向他们的奶奶。

"就在你们后面。"老人大声说道。

记者们厌恶地看向一条不到四米宽的浊流。

"这能叫河吗？"

"这是梅纳达河。从我小时候起，大家就这么叫它。没错，先生，就叫梅纳达河。那两个孩子被风吹过了河，很快倒在另一边，一点儿也没有受伤。烟囱砸到了我。"老妇人说完，摸了摸脑袋。

"你们要说的就是这个吗？"年轻的记者愤怒地质问道，"那原来就是他们被吹过的那条河！一亿两千万人有可能就这样被误导了——"

"这没什么，小伙子们，"福雷斯特医生插入了他们的对话，"这河很适合你们的专栏。随着这些小家伙长大，这条河也会更宽的。"

他掷给老妇人一枚25美分的硬币，然后继续上路。

他在经过一座乡村教堂时，停下车，数了数墓地里新挖好的棕色土丘。接着，他走进灾难的中心地带。豪登家失去了三位亲人，厨房花园里只剩下一节破败的烟囱和一堆垃圾，还有一个伫立在原地的颇具讽刺意味的稻草人。在马路对面的房屋废墟中，一只公鸡在一架钢琴上昂首阔步，一边踏过满地的箱子、靴子、罐头、书、日历、地毯、椅子、窗框，一台变形的收音机和一台缺胳膊少腿的缝纫机，一边激昂地长鸣。到处都是寝具——毯子、床垫、折断的弹簧、撕碎的衬垫——他没有料到还有很多人在床上失去了自己的生命。牛和羊随处可见，它们大多都被喷上了消毒剂，现在又能在田野里吃草了。每走一段距离，就有一顶红十字会的帐篷映入眼帘。医生在经过一顶帐篷时，碰见了抱着小灰猫的小海伦。地上横七竖八的木桩就像小孩子一气之下推倒的积木，见证着这一灾难的发生。

"你好呀，小宝贝，"他欢欣地向她打招呼，心却沉到了谷底，"猫咪喜欢龙卷风吗？"

"她不喜欢。"

"她当时是什么反应？"

"喵喵叫。"

"啊。"

"她想逃走，但我抓住了她，她就挠了我——看见了吗？"

他瞥了一眼红十字会的帐篷，问道："现在谁在负责照顾你？"

"红十字会的姐姐和威尔斯阿姨。"她回答道，"爸爸受伤了。他为了保护我不被砸到，挡在我跟前。我挡在猫咪跟前。他现在在伯明翰的医院里。等他回来，我猜他会为我们盖一座新房子。"

福雷斯特医生的面部不禁抽搐了一下。他知道她的父亲不会再为她盖房子了，他当天早上就死了。她现在孤苦无依，但还对此毫不知情。阴暗的天已经笼罩了她，不近人情，麻木不仁。

他问道："海伦，你还有什么亲戚吗？"

那张可爱的小脸自信地看着他："我不知道呢。"

"不过，你还有猫咪，对不对？"

"它只是一只猫。"她平静地坦白道。但她立刻感到这句话伤害了猫咪的感情，于是把它抱得更紧了。

"照顾一只猫一定很辛苦吧。"

"哦，不是的，"她急忙回答道，"一点儿也不麻烦。它吃得很少。"

他把手伸进口袋，然后突然改变了主意。

"小宝贝，我一会儿再回来看你——今天晚些时候就来。你要好好照顾猫咪，好吗？"

"好的。"她轻松地答应道。

医生继续向前开。接着，他在一所完好无损的房子前停了下来，沃尔特·卡普斯正在自家前廊擦拭猎枪。

"沃尔特，你这是要干什么？准备枪杀下一场龙卷风吗？"

"不会再有龙卷风了。"

"这可不好说。看这天，越来越黑了。"

沃尔特笑着拍了拍自己的枪，说道："反正一百年都不会有了。这枪是为强盗准备的。周围有很多这样的人，而且也不全是黑人。我希望你进城的时候能告诉他们，派一些民兵到这里来。"

"我现在就去告诉他们。你还好吧？"

"我很好，谢天谢地。家里六口人都没事。大风卷走了一只母鸡，可能现在还捎着它到处飞呢。"

医生怀着一种莫名其妙的不安情绪，驾车向城里开去。

"应该是天气的问题，"他心想，"空气中的感觉和上周六是一样的。"

这一个月以来，医生一直有一种远走他乡的冲动。曾经，这片乡村的土地似乎许诺着宁静祥和。每当他暂时摆脱枯燥乏味的生活，他就回到这里休息，看看万物生长，过过和邻居们同样简单而愉快的生活。祥和！他知道，当下的家族纠纷永远不会平息，一切都不会恢复原样了，会一直痛苦下去。他看到平静的乡村变成了一片哀愁之地。这里没有安宁可言。他继续向前开。

在路上，他赶上了正往镇上走的布奇·詹尼。

"我正要去看你来着。"布奇皱着眉头说，"你还是给平克动了手术，是吗？"

"上车吧。是的，是我做的。你怎么知道的？"

"波赫尔医生告诉我们的。"布奇飞快地瞥了一眼，发现医生并没有起疑心，"他们说，他撑不过今天了。"

"我为你的母亲感到难过。"

布奇发出了一声不快的哼笑声："是，你的确应该。"

"我是说你妈妈的遭遇，我对此很遗憾。"医生急促地解释道。

"我知道你在说什么。"

他们默默地开了一会儿车。

"你找回你的车了吗？"

"我的车吗？"布奇苦笑着，"我的确找回了一堆零部件——但我不知道它们还能不能叫作车。而且，你知道吗？我本来可以花25美分买上一份龙卷风保险，"他的声音愤怒地颤抖着，"就25美分——但有谁会提前想到买龙卷风保险呢？"

天空越来越暗了。从远处的南方传来了微弱的雷声。

"嗯，我只希望，"布奇眯起眼睛说，"你当时给平克做手术的时候，没乱喝酒。"

"你知道吗，布奇，"医生慢吞吞地说，"招来龙卷风，其实是我耍的卑鄙伎俩。"

他知道布奇一定会反驳一句，但没有料到这句嘲讽的玩笑话会一语成谶。他突然看了布奇一眼，那脸煞白得就像鱼肚。布奇张大了嘴，眼睛死死地凝视前方，喉咙里发出呜咽的声音。

布奇瘫软无力地抬起手，医生顺着手所指的方向看去……

不到两公里远的地方，一片陀螺形的巨大乌云布满了天空，打着旋儿，低垂着向他们袭来。他们俩已经感觉到前方刮起了一阵呼啸的烈风。

"它回来了！"医生大喊道。

面前五十米处是横跨比尔比溪的一座旧铁桥。田野上满是朝同一个方向狂奔的人影。医生猛踩油门，冲向桥边。他跳下车，猛地将布奇的胳膊一把拉住。

"下车呀，你个傻子！赶紧下车！"

还有几个失魂落魄的人踉跄着从车上下来，他们立刻会聚成六个人的小队伍，一起蜷缩进了桥岸之间的三角形空洞里。

"它要到这儿来吗？"

"不，它在转弯！"

"我们只能丢下爷爷走了。"

"啊，救救我，救救我！老天爷救救我！救救我！"

"老天爷，保佑我！"

外面突然刮起一阵急促的大风，医生能感觉桥下似乎冒出了一些往下拉的隐形触手，这种奇怪的张力弄得他起了一身鸡皮疙瘩。紧接着，空气一下被抽空了，再也没有一丝风了。医生爬到桥边，小心翼翼地抬起头。

"龙卷风已经走远了，"他宣布道，"我们应该处在外围风区，风眼没有经过我们。"

医生清晰地看到了那阵风，甚至有那么一瞬间，他辨认出了其中回旋着的东西——灌木、小树、木板和松散的土壤。他向外爬得更远了一些，掏出手表，想看看时间，但密密麻麻的雨点模糊了他的视线。

他浑身湿透，爬回了桥下。布奇躺在最远的角落里瑟瑟发抖，医生上前摇了摇他。

"风朝你家的方向去了！"医生叫道，"振作起来！谁在家里？"

"没有人。"布奇咕哝道，"他们带平克去市里了。"

这会儿，雨已经变成了冰雹。起先是小弹丸，然后越来越大，最后落在铁桥上，发出震耳欲聋的撞击声。

这几个在桥下幸免于难的可怜人正在慢慢恢复元气，他们松了一口气，发出了歇斯底里的狂笑声。神经系统在经历了一段时间的紧张状态后，就会像这样全然不顾尊严和理性，就连医生本人也无法避免。

"说它是灾难都太轻了，"他干巴巴地说道，"简直搅得人不得安宁。"

四

那年春天，亚拉巴马州再也没有遭受过风灾的侵袭。当地人一致认为，第二场龙卷风是第一场龙卷风的卷土重来。在奇尔顿郡人民的眼中，龙卷风已经成为某种人格化的力量，就像异教徒的神一样——毁灭了十二所房子（其中包括吉恩·詹尼的家），伤了大约三十个人。但这一次——也许是因为每个人都提前谋划了保护计划——没有一个人死亡。龙卷风沿着本丁镇的主要街道行进，压倒了好几根电线杆，压垮了三家商店的门面（其中包括福雷斯特医生的药店）。以上便是这场龙卷风造成的最后一番大破坏。

一个星期后，利用废旧木板搭建的房子重新出现在大地上。在亚拉巴马的漫长夏季结束之前，欣欣向荣的草地会再次变绿，铺满每一座坟墓。但是，这个国家的人民还要好几年的恢复期，才不会将"龙卷风前"和"龙卷风后"作为一种时间上的参照。而对许多家庭而言，生活再也不会恢复到以前的样子了。

福雷斯特医生认为现在是离开的最佳时机。他低价变卖了药店的所有剩余库存。整个药店就像被灾难和慈善机构同时掏空了一般。他还请吉恩一家住进自己的房子，直到他们的新家重建完毕。他的车因先前撞上了一棵树而差点儿报废，所以他只能先开车去火车站，再乘火车去城里。

他好几次在路边停下来和熟人告别——沃尔特·卡普斯是其中一个。

"那风终究还是没放过你。"他一边感叹，一边望着沃尔特家仅存的那间孤零零的后屋。

"真是挺糟的。"沃尔特回答道，"想想看：我们一家六口人，居然在屋内外都没有一个人受伤。我已经很满足了，感谢老天爷。"

"你们家的确很幸运。"医生赞同道，"你有没有听说红十字会把小海伦送到哪里去了？是蒙哥马利，还是伯明翰？"

"蒙哥马利。啊，对了，她带着那只猫进城的那天，我也在附近。她想找人给猫包扎爪子。她在大雨和冰雹中走了好几公里的路，对她来说最重要的是她的小猫。尽管我感觉很难过，但看到她那么勇敢，我还是忍不住笑了起来。"

医生沉默了一会儿，继续问道："她还有什么亲戚吗？"

"我不知道，先生，"沃尔特回答道，"但我猜应该没有了。"

弟弟的家是医生的最后一站。他们一家人（甚至包括最小的孩子）都在废墟中忙碌着，布奇已经搭好了一个棚子，用来存放他们收捡出来的家产。在幸存的物品中，保存最完整的竟然是包围花园的那一排雕有图案的白色圆石。

医生从口袋里掏出一百美元钞票递给吉恩："这钱你先拿着，以后再还，别硬扛。"

"这是我变卖药店的钱。"他打断了吉恩的感谢，"等我叫人来取书时，你可要帮我好好打包。"

"你打算在市里行医吗，福雷斯特？"

"我可能会试试。"

兄弟俩互相握了一会儿手，两个最小的孩子也前来道别。露丝穿着破旧的蓝色连衣裙，站在后面——她已经买不起为大儿子服丧的黑衣服。

"再见，露丝。"医生说。

"再见，"她回应道，然后又语气生硬地补充了一句，"祝你好运，福雷斯特。"

有那么一刻，他很想说出一些安慰的话，但他明白事已至此，话语毫无意义。他面对的是一种母性本能，小海伦就是凭着这股力量，抱着受伤的猫咪，顶着暴风雨，走了那么远的路。

他到了火车站，买了一张前往蒙哥马利的单程票。在漫长的春日下，整片村庄看起来死气沉沉。短短半年前，他还觉得这里似乎和其他地方没什么不同。

他独自一人坐在普通车厢的白人区，没过多久，他从腰间摸出了一个瓶子。"毕竟，一个四十五岁的人在重新开始生活时，总该给自己加点油。"他想起了海伦，"她无亲无故。也许，我可以把她当作我的小女儿。"

他摩挲着酒瓶，然后低下头盯着它看，忽然，他仿佛大梦初醒。

"好吧，老朋友，我暂时不能和你再见面了。小猫咪经历了这么多苦难，值得更多的关爱和更好的牛奶。"

他在座位上安坐下来，望着窗外的风景。他在回忆这可怕的一周时，仍旧有一股风朝他袭来，像是车厢过道的穿堂风——旋风、飓风、龙卷风——无论是灰蒙蒙的，还是黑乎乎的；无论是预料之中的，还是意想不到的；无论是从天而降的，还是来自地狱黑洞的——世界上所有的风都来了。

他发誓，绝不会再让风碰着海伦——只要他能做到的话。

他打了个盹儿，但一个挥之不去的噩梦惊醒了他："爸爸挡在我跟前，我挡在猫咪跟前。"

"没事的，海伦，"他一如既往，大声地自言自语道，"我这只老帆船应该还能再漂一会儿——不管吹的是什么风。"

本篇刊登于《周六晚邮报》

1932年6月4日

随笔

少年得志

十七年前的这个月，我辞去了工作。或许，换个说法，我"退出了生意场"。我受够了，就让街车广告公司自求多福去吧。我之所以退隐，并不是因为我赚够了钱，而是因为我背负了太重的包袱，里面塞着债务、绝望与破裂的婚约。于是，我悄悄潜回圣保罗的家，准备"完成小说"。

　　那部小说是我在战争后期的训练营里动笔的，也是我的一张秘密王牌。后来，我在纽约找到了一份工作，写作也就被搁置到了一边。贯穿一整个孤寂的春天，这部未竟的小说犹如粘连在脚底的硬纸板，无时无刻不让我感受到它的存在。我就像那个面对"鹅、狐狸与豆子"难题的可怜农夫一样：如果想专心写作，就必须辞掉工作；一旦辞掉工作，心爱的姑娘又注定会离我而去。

　　于是，我在一份厌恶的工作中苦苦挣扎。我先前在普林斯顿大学求学和作为最不靠谱的副官笑傲军旅的信心，现在全部都摧残殆尽了。我迷失了方向，也被人们遗忘，于是我快步离开了这些地方：在典当了一只双筒望远镜后，我离开了当铺；身着战前的过时西装，我离开了有钱有势的朋友；在掏出口袋里最后的5美分，付完小费后，我离开了餐馆；我离开了忙得不亦乐乎的办公室（他们在为从战场归来的孩子们保留着职位）……

事实证明，即使是我的第一个短篇得以刊登，我也并没有因此激动万分。在一家街车广告办公室里，我和达奇·芒特面对面坐在一张办公桌前。老牌文学杂志《上流人》同时向我俩发来了收录作品的邮件。

"我的稿费是30美元，你呢？"

"35。"

然而，真正令我灰心丧气的是，我的那篇文章还是两年前在大学里创作的，而近期投稿的十几篇新作甚至连一封回绝信都没有收到。这就意味着，我早在二十二岁就走上了下坡路。我索性花光了这30美元稿费，为一个亚拉巴马州的姑娘买了一把品红色的羽毛扇。

在我的朋友当中，有一些尚未坠入爱河，还有一些已经做好了打"长期拉锯战"的准备，时刻准备着与"门当户对"的女士们相亲。不过，我不是他们的一员，因为我的爱人是一场飓风。我必须编织一张大网，才能在脑海中网住飓风，将它赶出我的脑海，但我的脑袋里塞满了涓涓流淌的5分镍币和顺流而下的10分银币，那稀里哗啦的声响宛如穷人家音乐盒里传出的无休止的单调曲目。然而，水中捞月毕竟是不切实际的。在那个姑娘把我甩了以后，我回到老家，完成了我的小说。再之后，一切突然都变了。成名之后刮起的第一场风暴与随之而来的芬芳迷雾便是这篇文章的主题。当雾气在成名后的几周或数月袅袅升起时，我才发觉最好的人生章节已经翻篇了——这是一段短暂而珍贵的时光。

1919年的秋天是故事的起点。当时，我如同一只空桶，一无所有。一整个夏天的写作直接导致我的头脑迟钝生锈。我不得不抽身而出，在北太平洋铁路公司的店铺里找了一份修理汽车顶盖的工作。一天，邮差按响了我的门铃。紧接着，我就再次辞职了，一边沿街狂奔，一边拦下迎面而来的车辆，和旧知新交们大声宣布："我的《人间天堂》即将出版！"那个星期，邮差接二连三地按响我的门铃。我还清了每一笔难堪的小额债务，还为自己购置了一套高档西装。每天清晨醒来，我都沉浸在不可言喻的清高和希望中。

在等待小说问世的日子里，我渐渐踏上了从业余写手蜕变为专业作家的道路。这一历程就像将一次次创作拼接成自己的整个人生，一个任务的结束自然而然地意味着另一个任务的开始。过去的我只是一个门外汉，到了十月，当我和一个姑娘在南方墓地的石碑间漫步时，我俨然一副内行人的模样了。我为她对一些事情的叙述和感受着迷，迫不及待地想把它们写进一部小说里。这部小说的名字叫《冰宫》，后来也出版了。在圣诞节那一周的某天晚上，我一连婉拒了两场舞会，专心在圣保罗的家中创作一则故事。三个朋友在当晚给我打来电话，称我错过了罕见的一幕：一个出名的花花公子雇了一个出租车司机，一起扮成一峰骆驼（他在前，司机在后）。我挂了电话马上赶过去，结果却去错了派对。我为自己未能亲临现场而捶胸顿足。次日，我花了一整天的工夫，四处打听有关这个故事的只言片语。

"嗯，我只能说，那一幕真的很滑稽。"

"我都不知道他从哪儿找来的出租车司机。"

"你得十分了解他，才能明白当时的场面有多滑稽。"

我郁闷地回答道："嗯，我似乎真的不明白到底发生了什么，但我要把它写下来，而且比你们说的还要滑稽十倍。"鉴于人们一再向我强调这件事有多么滑稽，我连续创作了二十二个小时，力求写出一个足够"滑稽"的故事。于是，《骆驼的背》就这样诞生了，至今仍在各大幽默选集中出版。

随着冬天的告终，我欣喜地迎来了又一个艰辛但快乐的创作期。经历了一段时间的休息后，一幅崭新的美国生活图景开始呈现在我的眼前。我在1919年的无所适从宣告终结，对未来的展望似乎畅通无阻。美国正在上演历史上最盛大、最浮华的狂欢，将为我的写作提供充足的素材。空气中弥漫着整个黄金时代繁荣的氛围——那光辉灿烂的慷慨，那肆无忌惮的腐败，还有旧美国在禁酒时期那迂回曲折的垂死挣扎。所有浮现在我脑海里的故事都带有一丝灾难的寓意，在我的长篇小说中，可爱的年轻人都走向了毁灭；在我的短篇小说里，钻石山被炸毁了。在我的笔下，百万富翁就像托马斯·哈代书中的农民角色一样：虽形象美好，但命途多舛。这些故事情节尚未在现实世界中发生，但我能确定的是，生活不会像年轻的一代以为的那样肆无忌惮。

两代人之间的界限成了我的优势位置，我就这样有点儿难为情地站在上面。我生平第一次收到了成捆的邮件，成百上千封信都在和我谈论那个关于波波头姑娘的故事。在我看来，这简直荒谬至极。不过，对一个生性腼腆的人来说，成为一个除了自己以外的人不失为一件好事，比如我曾经成为一位"中尉"，现在又成为一位"作家"。当然，军官的称号远比作家的头衔来得真实，但似乎没有人能猜中躲在假面之后的真相。

随着小说的出版，我进入了既躁狂又抑郁的错乱状态。愤怒和欣喜的情绪每小时交替出现。很多人认为是我杜撰了这部小说（也许的确如此），还有很多人认为我在这部小说里胡编乱造（事实绝非如此）。我在恍惚中接受了采访，谈到我是一个多么伟大的作家，以及我是如何攀登到这一高度的。专栏记者海伍德·布朗随即引用了我的原话，评论我似乎是一个自视甚高的年轻人，还透露在采访的那几天很难与我打交道。我邀请他共进午餐，并且友善地提醒他："你在白白虚度生命，一事无成，实在太可惜了。"他当时刚满三十岁，我在差不多的年纪就写下了一个让世人久久无法忘怀的句子："她是一个二十七岁的女人，虽然容颜正在消逝，但依旧可爱迷人。"

头昏脑涨中，我告诉斯克里布纳尔出版社的编辑："我估计我的小说卖不出两万本。"编辑被这番话逗得捧腹大笑，接着回答我："一部处女作能有五千本的销量，就已经谢天谢地了。"然而，我还记得小说在出版后的一个星期，销量就突破了两万册。但我当时太紧张了，甚至不觉得这有什么好笑的。

一周后，普林斯顿大学的学院派和校友们（而不是普林斯顿大学的在校生）开始对我的作品口诛笔伐，立刻将我从飘飘然的云端打回地面。希尔校长先是写了一封措辞友善的批评信，接着当时一个教室的同学突然开始谴责我的种种不是。我们的关系非常要好，曾一起坐着"橡胶大王"哈维·费尔斯通那辆蛋青色的车招摇过市。其间，我为了阻止一场斗殴，不幸被人打青了眼眶。后来，这场事故竟然被舆论渲染成一场放纵的狂欢。尽管有一个大学生代表去了理事会帮我澄清，但我还是遭到了处分，几个月不准进入俱乐部。《校友周刊》也对我的作品横加指责，只有系主任高斯先生站出来为我说了几句好话。这出闹剧的虚情假意和假仁假义让我恼怒，因此我七年都未踏进普林斯顿校园半步。后来，一家杂志邀请我撰写一篇关于普林斯顿大学的文章。我在动笔的过程中发现，其实我从心底里依旧热爱着我的母校。那一周的遭遇只不过是丰富记忆中的一段小插曲而已。但在1920年的那一天，成功的喜悦基本已经消失殆尽了。

现在，我是一位职业作家了。如果不把旧世界夷为平地，新世界就没有建造的地基。我在面对赞美和指摘的过程中，逐渐结出了一层冷峻的保护壳。人们总是出于一厢情愿的误会而喜爱某位作家的作品，他们的厌恶有时反倒是对作家的一种赞美（反之亦然）。在这个世界上，没有一种体面的职业需要建立在公众认可的基础之上。因此，一个人要学会无所畏惧，突破常规，开创先例，勇往直前。我在清点钱袋后发现，我在1919年靠写作赚了800美元，在1920年靠短篇小说、图片版权和出书赚了18000美元。短篇小说的稿酬也从30美元涨到了1000美元。在后来经济繁荣的映衬下，我的这点儿收入只不过是九牛一毛。但对当时的我而言，这笔钱再怎么吹嘘也不为过。

早早实现自己的梦想自然会带来一些意外的好处，同时也会产生负担。早年的成功会让人几乎盲目地信仰神秘的命运，而非强大的意志（最糟糕的结局莫过于患上拿破仑式的妄想症）。年少得志的人深信自己之所以能践行自己的意志，是因为幸运之星始终闪耀在他们的命途之上。

在三十岁崭露头角的人会均衡地审视命运和意志的作用。在四十岁功成名就的人会单单强调意志的重要性。当你驾着人生之舟在海上遭遇狂风暴雨时，此时意志的作用便突显出来。

过早成功的人也会因此得到一些"赔偿"，那就是始终相信生活是一件浪漫的事。从正面解读，就是相信我们永远不会老。一个人若能轻而易举地实现诸如爱情和金钱等主要的人生目标，那他就不会再对那摇摇欲坠的名望着迷。我不断在海边寻找永不散场的狂欢，虚度了许多年华，但我并不后悔。二十来岁的一天，我在暮色中驾车，沿着滨海大道飞驰。整座法国的里维埃拉城都在海面上闪闪发光。我极目远眺，蒙特卡洛映入眼帘。当时并不是旅游旺季，大公爵们也没有前来豪赌。小说家爱德华·菲利普·奥本海默与我住在同一家旅馆中。他是一个肥胖但勤劳的人，整日穿着浴袍。他的名字是那么拗口，当我拦下他的车想要打个招呼时，只能低声嘟囔着："哎哟！哎哟！"我后知后觉，映入眼帘的并非蒙特卡洛，而是那个踏着硬纸板鞋底、行走在纽约街头的年轻人。有那么一瞬，我有幸拾起他的梦想，而我自己的梦想早已迷失了。还有几次，我蹑手蹑脚地来到他的身边，他惊喜于纽约秋日的清晨或卡罗来纳州的春夜，四周寂静无声，甚至能听见从隔壁郡传来的犬吠声。然而，我与他合而为一的那一瞬一去不复返了。圆满的未来和踌躇的过去交织在那一个华丽的瞬间，太过短暂，也太过美好。生活果真是一场转瞬即逝的梦。

本篇刊登于《乱世春秋》杂志

1937年10月

崩溃

一

　　毋庸置疑，每个人的一生都是一段逐渐崩溃的过程，但是那些起到戏剧性作用的打击——从外界突然而至的沉重打击——那些埋在你记忆深处的一击，那些让你责怪一切的一击，那些当你软弱无助时向朋友倾诉的一击……它们所酿成的影响并不会稍纵即逝。还有一种打击来自内在——直到做什么都已太晚，你方才有所察觉，最终，你会认识到，自己在某些方面再也不会像过去那样优秀了。第一种崩溃似乎是在顷刻间发生的，而第二种崩溃是在不知不觉中悄然发生的，又在后知后觉中猛然惊觉。

　　在我继续讲述这段简短往事之前，不妨先容我做一个普遍性的观察——要想知道一个人是否拥有卓越的智力，仅需观察他能否在心中同时持有两种截然相反的观点。比方说，一个人明明认清了无力回天的现实，仍然决心要逆天而行。这样的哲学思想与刚刚迈进成年生活的我一拍即合。当时，我听说了一些奇妙的、不可思议的、不可能发生的事，又目睹这些不可能发生的事成为现实。只要你有本事，生活便由你主宰。智慧和努力（或者更准确地说，二者的某种搭配）能轻易征服生活。成为一位功成名就的文学家似乎是一件浪漫的事情——你永远不会像电影明星那样出名，但你留下的书稿很可能会与世长存——你永远不会拥有一个政治或宗教人物般的权力，但你显然更加自由自在。当然，无论从事何种职业，永远都会有不如意之处。对我个人而言，除了文学，别无他求。

二十年代就这样瞬息即逝，我人生的二十岁结束得更早一些。我在少年时代有两大遗憾：一是因为体格不够高大健壮（或是因为球技不够好）而未能入选橄榄球队，二是在战争期间未能远赴沙场。这两个遗憾在日后演变成幼稚的英雄梦，抚慰我，让我在不安的夜晚安然入睡。生活中的大难题似乎会自行解决。这倒是一件好事，倘若解决问题总是那么艰难曲折，人们就会精疲力竭，进而不会去思考一些形而上的问题了。

十年前的生活基本上只是我一个人的事情。那时，我必须在"努力无用论"与"奋斗必要论"之间保持平衡，深信"失败"是不可避免的，同时仍然抱有"成功"的决心，甚至在更激烈的矛盾——"过去的不散阴魂"与"未来的崇高憧憬"之间不断徘徊。若我能在处理家庭、事业和个人的所有问题上做到这一点，那我的自我意识就会像一支满弓离弦的箭，从一片虚无不断地射向另一片虚无。最终，只有地心引力才能强行卸下那巨大的力量，让它坠落在地。

在过去的十七年中，我仅仅荒废了一年时光，优哉游哉，无所事事。在其余的时间里，我一直在按部就班地过日子，完成的每一件苦差事都是憧憬美好明天的资本。我艰难地活着。"到了四十九岁，一切都会好起来。"我这样安慰自己，"我全指望那一天了。像我这样过活的人，最多也只能有这点儿盼头了。"

然而，早在距离四十九岁还有十年之久时，我突然意识到，我过早地崩溃了。

二

现如今，崩溃有很多种。一个人的头脑会崩溃，任由他人做决定；身体会崩溃，只能被迫困在医院的白色世界里；神经自然也会崩溃。威廉·西布鲁克在一本不带任何同情的书中，带着些许得意，用一种来到电影结尾的叙述方式，讲述了他本人是如何沦为社会大众的负担的，而神经系统的崩溃正是他沾染酒瘾的根本原因。我与酒精并没有纠缠不清，过去六个多月，我只喝了一杯啤酒。我的问题是积攒了太多的怒火和太多的眼泪，而背后的原因正是我那逐渐分崩离析的神经系统。

暂且回到我先前提出的论点：一个人在生活中会遭遇各种各样的打击，直到最后，他才会认识到，导致崩溃的不是即刻的打击，而是崩溃的缓期执行。

不久前，我坐在一位著名医生的办公室里，听候一场庄严的判决。回想起来，我当时的心情似乎很平静，一直在絮叨着我在城市里的繁重事务。我就像小说里的那些人物一样，对工作并不怎么上心，从不去想还剩下多少任务没有完成，更不考虑磨洋工会让自己担上怎样的责任。总的来说，我不是一个做事的好手。我处理不好手头上的大多数事务，甚至无力施展自己的天赋。

突然，一股强烈的本能告诉我：我必须一个人待着，我压根儿不想见到任何人。我这辈子已经见了太多的人——我的交际能力虽说一般，但当我和各个阶层的人打交道时，我总想让我本人、我的思想和我的命运与他们保持一致。因此，我在每一次交际中不是在救赎，就是在被救赎。短短一个上午，我就能经历惠灵顿公爵在滑铁卢战役中那种跌宕起伏的情绪。在我生活的世界里，既充斥着莫名其妙的敌意，也不乏难舍难分的情谊。

现在，我只想要绝对的孤独。为此，我隔绝了自我，不再对日常生活上心。

我在那段时光里并非郁郁寡欢。我离开人群，去到人迹罕至的地带。虽然我疲倦不堪，但心情很舒畅。我可以闲散地躺着，而且我很乐意一觉睡上足足二十个钟头。即使中途醒来，我也坚决不去思考。相反，我会列出上百份不同主题的清单——部队领袖、橄榄球运动员、城市、流行歌曲、棒球投球手、欢乐时光、兴趣爱好、借宿过的房子、我在退伍后穿过的西装套数和皮鞋数量（我没有把在索伦托买的缩了水的西装算进去，也剔除了我随身携带多年却从未穿过的便鞋、正装衬衫和领结，因为便鞋早已潮迹斑斑，衬衫和领结不仅泛黄了，还浆得发霉了）、我喜欢过的女人，以及那些在性格和能力上都不如我的人轻视我的次数。最后，我再将它们一一撕毁。

——出乎我的意料，我突然好转了。

——一听到新闻，我又像一只碎裂的旧餐盘一样崩溃了。

这才是故事的真正结局。在想出一个对策前，必须蛰伏在时间之茧中休眠。简而言之，我在独自抱着枕头睡了大约一个小时后，开始意识到这两年来的生活一直在榨取我并不拥有的资源，而我早已将自己的身体和精神抵押殆尽。相比之下，生命回馈我的小礼物又是什么呢？曾几何时，我对自己前进的方向深感自豪，也对自己的独立满怀信心。

我意识到，在这两年里，为了保留心中的某样东西——也许是内心的安静，也许不是——我已经放弃了所有喜好——从早晨刷牙到晚餐时与朋友的会面，生活中的每个动作都变成了一份苦差事。我还发现自己已经很长一段时间都未曾遇到喜欢的人、事、物了，但又只能蹩脚地装出一副讨人喜欢的老模样；我还发现，即使是面对那些最亲近的人，我对他们的爱也已经耗尽了我的全力。至于那些泛泛之交——编辑、烟草商、朋友的孩子——只不过是旧日的人情促使我继续与他们来往罢了。就在同一个月里，收音机的声音、杂志上的广告、火车的轰鸣、乡间死一般的寂静开始让我痛苦不堪。我既看不起人类的软弱，又（在暗地里）痛斥人类的铁石心肠。我厌恶黑夜，因为我无法入眠；我也厌恶白昼，因为白昼之后便是黑夜。现在，我习惯侧身压住心脏而睡，因为我明白我越早把我的心累坏，哪怕只有一点点疲惫，那幸运的噩梦就会越早降临。噩梦就像一种宣泄，让我能更好地迎接新的一天。

有一些地点，也有一些面孔是我喜闻乐见的。我和大多数中西部人一样，只有隐约一丝种族偏见。我一直对那些斯堪的纳维亚的金发女郎有一种隐秘的渴望。她们常常结伴坐在圣保罗酒店的门廊上，构成一幅美妙的风景画。然而，毫无节制的抛头露面让她们难以被所谓的"上流社会"所接纳。她们性情纯良，无法成为那种撩人的"小妞"；她们早早就背井离乡，无法在阳光之下找到一个容身之所。不过，我记得我总会故意多绕几片街区，只是为了能多看一眼那金光闪闪的秀发——一个我这辈子都没机会相识的女孩和她璀璨夺目的秀发。这类粗俗的故事往往令人嗤之以鼻，而且与我接下来要陈述的事实离题了十万八千里。在后来的日子里，不管是克尔特人、英国人、政客、陌生人、弗吉尼亚人、黑人（无论肤色的深浅）、猎人、零售店员，所有以赚差价为生的中间商，还是作家（我格外提防作家，因为他们比任何人都善于制造麻烦），只要他们一进入我的视线，就会引发我的厌恶，因为他们都是各个社会阶层的一员，代表着他们所属的阶级。

为了尚且有人可以交往，我渐渐喜欢与医生、有教养的八岁小男孩、不到十三岁的小女孩打交道。当我和这几类人相处时，我感到平静和幸福。哦，对了，忘了补充一点，我还很喜欢老人：他们的年纪大多超过七十岁，也不乏一些六十来岁一脸饱经风霜的老头。不管观众抨击凯瑟琳·赫本多么矫揉造作，我仍然喜爱她在银幕上的面庞，米利亚姆·霍普金斯的那张脸亦是如此。至于那些上了年纪的朋友，我们一年只能见一次面，即使他们化成魂魄，我也能一一认出。

一切都是那么有违常理，那么贫瘠匮乏，不是吗？嗯，孩子们，这就是崩溃的真正预兆。

崩溃自然称不上是一幅美好的图画。但这幅画又不得不装裱配框，运到各地展览，供各大批评家过目品鉴。其中有一个批评家，即使她在给予安慰时，也只会反增他人的痛苦。在她的映衬下，大家的生活简直像一潭死水。尽管这个故事已经结束了，不妨容我添上一段我们之间的对话。

她说道："不要再在那里自怨自艾了，听着——（"听着"一直是她的口头禅，因为她总是一边想一边说——而且想得很认真。）听着，假设崩溃的不是你——假设崩溃的是大峡谷。"

"崩溃的是我！"我勇敢地打断道。

"听着！整个世界只存在于你的眼中——取决于你看世界的视角。你觉得世界大就大、小就小。但你现在拼命让自己沦为一个渺小卑微的个体。老天爷做证，要是我哪天崩溃了，我非要让这个世界随我一起崩溃不可！听着！这个世界只能通过你的认知而存在，所以最好这样说：不是你崩溃了，而是大峡谷崩裂了。"

"宝贝，你这话是从斯宾诺莎那儿读来的吗？"

"我对斯宾诺莎一点儿都不了解。我只知道——"接着，她亲口揭开了自己的旧伤疤，听起来似乎比我悲惨得多。她还谈到了自己是如何遭遇崩溃的，又是如何反败为胜的。

她的这番话引起了我的某些共鸣，无奈我是一个思维迟钝之人。与此同时，我突然领悟到，在大自然的各种力量中，唯有活力是不可传递的。当一个人拥有得来全不费功夫的充沛活力时，他会试着和其他人分享自身的活力，但总是以失败告终。继续打比方的话，活力永远无法收取。活力与健康、荣誉、男中音、棕色的眼睛等特质一样，一个人要么有，要么就没有。若非如此，我早就向她讨要一些活力，将其一点儿不落地装盒打包，回家精心烹制，再消化吸收。然而，哪怕我自怨自艾地端着空碗，乞讨几千个小时，也根本不可能得到活力。我只能走出她的家门，小心翼翼地捧起如同碎瓦罐一般的自己，再次走进这个痛苦的世界，然后就地取材，为自己建造一个家。当我走出她的家门时，我不禁对自己引用了一句话：

"你们都是世间的盐。盐若失了味，如何才能再咸呢？"

本篇刊登于《君子》杂志
1936年2月

黏合

我在上一篇中讲到了一位格外乐观的年轻人如何遭遇了一场价值观的全面崩溃，一场他在过后良久才后知后觉的崩溃。我还讲述了随后一段郁郁寡欢的时光，强调了继续前进的必要性。不过，我没有引用威廉·埃内斯特·亨里那句英雄主义的诗："我头破血流，但仍昂首挺胸。"这背后的原因是，我在清点自己的精神负债后，发现我并没有一颗值得昂起或垂下的头。我唯一能肯定的是，我曾经有过一颗赤诚的心。

　　这至少是我挣脱泥沼的一个起点："我感觉——故我在。"曾几何时，我是很多人的依靠。他们会在深陷困境时向我求助，在远方给我寄信，并且对我的生活态度和人生建议深信不疑。既然像我这样一个兜售陈词滥调的贩子，一个毫无道德底线的"圣人"，都能影响那么多人的命运，那么也许我还有些可取之处。于是，问题就变为了

"我哪里变了？""我为什么变了？"以及"我的热情和活力究竟是从身上哪道裂缝为时过早、不知不觉、源源不断地倾泻而出的？"

在一个疲惫而绝望的夜晚，我在公文包里随便塞进几件行李，远赴千里之外，准备好好思索这些问题。我来到一个单调乏味的小镇，这里没有一个人认识我。我先是租下了一个一天一美元的房间，接着花光了身上的钱，买了一些罐装肉、饼干和苹果。千万不要问我：离开一个物欲横流的世界，故意去过苦行僧的生活，是不是为了完成一项伟大的事业？我只是想要绝对的安静来思考问题：为什么我会对悲伤产生一种悲伤的态度，会对忧郁产生一种忧郁的态度，会对悲剧产生一种悲剧的态度——为什么我会变得和自己恐惧或同情的对象没什么区别？

这之间存在细微的差别吗？事实并非如此：共鸣意味着成就的死寂。正是这样的认同感让疯子无法正常工作。列宁不甘容忍无产阶级的疾苦，华盛顿不堪忍耐军队的痛苦，狄更斯也不愿忍受伦敦贫民的困苦。托尔斯泰试着将自己与他所关心的对象合而为一，反而写出了虚情假意的失败之作。我之所以提到这些人，只是因为他们都是大家最为熟悉的名人。

共鸣就像危险的迷雾。当华兹华斯认定"荣光已永离人间"时，他可没有心生追随荣光一同永离人间的冲动。济慈也从未停止与结核病的抗争，他直到生命的最后一刻也没有放弃成为英国著名诗人的希望。

我的自我牺牲精神有些蒙昧无知。我也在战后一些勤奋的正派人士身上看到过这种精神（我仿佛听到你在说——这有什么大不了的——他们中有很多马克思主义者）。很显然，自我牺牲精神在现代已经过时。在我的同辈人当中，有一位大人物曾经花了半年的时间来考虑"退隐江湖"，还有一位同样杰出的人物不堪忍受与同伴的往来，在精神病院待了几个月。至于那些因绝望而自杀的人，我可以列出一份名单。

不在人世的人让我意识到，继续过活的人在某种程度上也已经自行了断了。"自行了断"可是一个大词儿，形容押往新监狱或押回旧监狱的"锒铛入狱"一词根本无法与之相提并论。所谓的"隐逸"或"避世隐居"不过是一次自投罗网的短途旅行。纵然沿途有南太平洋的海景又如何，只能吸引那些想在海上作画和爱好航行的人罢了。自行了断让过去不复存在，意味着再也无法回头，意味着一去不复还。反正我既无法继续承担生活赋予我的责任，也无力履行我为自己设定的义务，那我何不杀了这个四年来只会装腔作势的空壳呢？但我必须继续写作，因为这是我唯一的生活方式。不过，我决定不再费力去做一个正人君子，善良、正义或慷慨都与我无关。我知道假币在我的身边大肆流通，也知道5美分真钱在哪里就可以购得一美元假币。我的眼睛经过三十九年的磨砺，已然越发敏锐。仅需一眼，我就能识破哪杯牛奶兑了水，哪罐糖掺了沙，哪颗水钻混进了真钻当中，哪块灰泥又被当成了石料……自此以后，我再也不会奉献自我了——一切奉献都会被冠以"浪费"的罪名。

这一决定就像既真实又新鲜的事物一样，让我精神焕发。一回到家，我就将一大堆信倒进了废纸篓，以此作为转变的起点。这些信都是在空手套白狼，请我免费去读读这个人的稿件，推销一下那个人的诗，在电台上发言，写写序言，参加访谈，帮忙构思剧本的情节，分析国内的形势，做做慈善，关心他人……

魔术师再也不会从空帽子里变出东西来了。长期以来，这种无中生有的戏法一直是魔术师的拿手好戏；如今，不妨换个比方：我不再是救济册上提供帮助的一方。

这种令人得意的罪恶感仍在发酵。

我觉得自己就像十五年前从纽约长岛大颈区乘火车上下班时经常看到的那些人一样——他们的眼睛滴溜溜直转，只要能保住名下的房子，压根儿不在乎明天世界是否会陷入混乱。

我现在也成了他们中的一员，用流畅的文笔写道：

"我很抱歉，但生意毕竟是生意。"

"在你惹上这个麻烦之前，你早就应该料到会有这么一天。"

抑或是："这种事情不在我的能力范围之内。"

哦，对了，说完此类话之后，一定不要忘了微笑。我仍然在努力掌握这一要诀。在这一微笑中，可以瞥见很多人的影子，比如酒店经理、交际老油条、家长接待日那天的校长、电梯旁的黑人门童、眉飞色舞的"娘娘腔"、半价拿剧本的制片人、找新工作的老护士、第一次拍写真集的风尘女郎、在一扫而过的镜头前满怀希望的龙套演员、脚趾受伤感染的芭蕾舞演员……当然，还少不了从华盛顿到比弗利山庄散发着仁慈之光的每一个人，要想在这里过活，少不了一张扭曲的脸。

不要忘了说话的腔调——我正向一位大师讨教，学习发声的技巧。待我学成出师之日，除了对与我交谈的人表示附和之外，我的喉咙不会再发出任何声音。这种对话非常依赖引导自己说出那句"没错"的技巧，我和我的律师老师都在专注于打磨自己的腔调（不过都是在业余时间进行的）。目前，我也在学习如何将不失礼貌的刻薄腔调加入其中，从而让对方感觉非常不舒服，甚至难以忍受，每时每刻都将遭受尖锐的剖析。这一招儿是专门为那些毫无油水可捞的人（不管是老弱病残，还是正在艰苦奋斗的年轻人）准备的，他们是不会介意的——管他呢，反正他们大部分时间都在碰钉子。

不过，点到为止。这并不是一个可以拿来说笑的问题。如果你在年轻时给我写信，要求当面学习如何成为一位忧郁的文学家，写出正值创作巅峰期的作家才能写出的一些关于情感枯竭的文章——如果你当真这么年轻，又这么愚蠢地做出这种事，我甚至连一个字都不会回复。当然，倘若你和某位达官显贵沾亲带故，一切就另当别论了。如果你在我的窗外就快要饿死了，我会立刻出门，向你报以微笑和关怀（而不会伸出援助之手），然后戳在原地，直到有人拿出一枚5美分的硬币打电话叫救护车。不过，这一切成真还有一个大前提，即你尚有成为我的写作素材的资质。

事到如今，我只有成为作家这一条路可走。那个我曾经一直梦想成为的人现已成为我的包袱，于是我就像一个黑人小姐在周六晚上甩掉了老冤家一样，问心无愧地甩开了他。让那些好人像我这样吧——就让那些积劳成疾的医生赶紧鞠躬尽瘁吧，反正他们每年仅有一周的"假期"来专心处理家庭事务；就让那些消极怠工的医生去争抢一美元治疗一次的病号吧；就让士兵们速速赴死吧，这样众神就能根据当初签订的契约，将他们立刻送入英灵殿。一位作家不需要有这样远大的理想，除非他自找麻烦。过去，我一心想集歌德、拜伦和萧伯纳的传统于一身，再糅合"世界债主"约翰·皮尔庞特·摩根、贵公子托珀姆·博克莱尔和圣方济各的些许气质，最终形成一套华丽的美式风格。而现在，我早已经戒了这一旧梦，并将其扔进了垃圾堆，就像一个普林斯顿大学新生在橄榄球场上只戴过一天的护肩和一顶从未出海的海军帽。

那又如何呢？一个尚未丧失知觉的成年人当然会郁郁寡欢，这是再自然不过的事情，也是我现在的看法。我还认为，对一个成年人来说，渴望出类拔萃的欲望根深蒂固，但"不懈奋斗"（那些光动嘴皮子，天上就会掉馅饼的人是这么说的）最终只会加剧郁郁寡欢的程度，而我们的青春和希望也会在这种情绪中消逝。过去的我感到幸福时常常会欣喜若狂，这份快乐甚至无法与最爱的人分享，只能走在安静的街道和小巷里独自消化，留下一些片段，最后提炼成只言片语，写进书里。现在，我回想过去的快乐——或者你可以称之为"自欺欺人的天赋"——只不过是一个例外。我那时的快乐就和大繁荣一样是个假象，并不是一件自然而然的事情，而我最近的遭遇与席卷全国的大萧条别无二致。

虽然我花了好几个月的时间才弄清现状，但我将在新的命途中努力过活。正如强调对凡事都一笑置之的斯多葛主义一样，它虽然使美国黑人忍受了难以忍受的生存状况，但也使他们丧失了对真相的感知，而我一样也要付出代价。我不再喜欢邮递员、杂货商、编辑、表姐妹的丈夫，而他们也渐渐讨厌我。这样一来，生活再也不会愉快了，"当心恶犬"的告示牌将永远悬挂在我家大门的正上方。不过，我会试着做一只规规矩矩的狗。如果你扔给我一根连着大块肉的骨头，我说不定会舔一舔你的手。

首次刊登于《君子》杂志

1936年3月

小心轻放

眼前这道餐点，与我四十岁时所点的相去甚远。我就像一只破裂的盘子，一只令人犹豫要不要扔掉的盘子。编辑认为我在之前的文章里谈了太多方面，但每一面又谈论得太少。也许，许多读者也有同样的感受。在他们的眼里，一切袒露心声的行径都是可鄙的，除非忏悔者最后不忘来上一句虔诚的谢词："感谢上帝赐予我不屈不挠的灵魂。"

我正是一个感谢诸神太久了的人，而且我的感谢向来毫无缘由。我想在我的文字中加入一篇悼词，用不着特意描绘尤根尼恩群山来为叙事增添光彩，毕竟我这里望不见诸神所在的尤根尼恩群山。

有些时候，破裂的盘子仍然有留在橱柜里的必要。虽然一个破盘子既不能放在炉子上加热，也不能放进洗碗池里和其他盘子一同洗刷，更不可能携带出门，但它可以在深夜盛上一盘饼干，也可以放进冰箱里存放残羹剩饭……

如此看来，本文将会是一纸续篇——破盘子的后传。

当下，对于一位积郁成疾的患者而言，最标准的自愈方法莫过于想想那些穷困潦倒、疾病缠身的人。这对所有闷闷不乐的人来说都是一个绝妙的好方法，对每个人都大有裨益且随时有效。一到凌晨三点，就连一件曾经遗忘的包裹也会不受控制地压上心头，犹如死刑一般创巨痛深。任何治疗手段此时均以失效告终。凌晨三点是灵魂真正的永夜，日复一日，无休无止。在这至暗时刻，人们往往会潜入婴儿般的梦境中，久久不愿回归现实。然而，一个人与这个世界产生的各式各样的摩擦与碰撞，总会让他反复从睡梦中惊醒。在这种情况下，他可能会抽身来到现实，赶紧敷衍了事，然后再次潜回梦里，幻想明天能凭空落下一大笔精神与物质财富，万事万物从此便自己好起来。随着他在梦中越陷越深，天降鸿运的机会也越来越渺茫。他不是在等待悲伤的消逝，而是迫不得已地见证一场处决，见证自己人格的崩溃……

到了人生的这一阶段，除了发疯、吸毒或酗酒，其他出路都是死路一条，最终迎来的将会是空虚的平静。届时，你可以试着清算一下：自己被褫夺了什么，还留有些什么。当那种平静向我涌来的时候，我意识到我经历过两次类似的体验。

第一次是在二十年前。我在大三时确诊疟疾，离开了普林斯顿大学。十几年后，X射线检查的结果显示我得了轻微的肺结核。我在休息了几个月后，又回到了大学。但我失去了一些职位，其中最主要的职位是音乐喜剧俱乐部"三角社"的社长，而且我的一门课还被撤销了。自那之后，大学对我而言再也不像从前一样了。毕竟，我再也得不到荣誉勋章和奖章了。在三月的一个下午，我似乎丧失了我想要的每一样东西。当天晚上，我生平第一次在脑海里勾勒女性的幻象。在那一瞬，其他的一切似乎都不再重要了。

多年后，我认识到无法成为大学风云人物的失败是可以接受的。我没能在各大委员会任职，又接连在诗歌创作方面遭受重创。当我想通这是怎么回事的时候，我开始学习如何写作。当时，我看清自己的领袖生涯就此结束了。这无疑是一件苦涩不堪的事情。好在萧伯纳曾经说过"如果得不到自己喜欢的，那最好喜欢已经到手的"——那天晚上，我第一次出去搭讪女人。从那时起，除了女人，我生命中的任何事都不再重要。

从那天起，我再也没有狠下心解雇糟糕的仆役，而那些狠下心这么做的人总会让我惊叹不已且印象深刻。昔日的支配欲沦为今日的一盘散沙，随风飘散。周遭的生活是一场庄严的梦，而我靠着另一个城市的女孩的信聊以度日。一个人无法从这样一连串的溃败中振作起来——他变成了一个不同的人。最终，这个新的人总会找到值得关心的新事物。

另一个与我的现状相似的故事发生在战后。当时，我正和一个姑娘比翼双飞，但我用力过猛，扯坏了膀子。这是一段因缺钱而注定失败的爱情悲剧。有一天，女孩根据常识结束了这段感情。在那个绝望的漫长夏日，我由于无信可写，反倒写成了一部小说。而且，这部小说出版得很顺利。然而，我不再是出版前的那个我了。一年后，那个衣袋里的钱叮当作响的男人娶了那个女孩。不过，我始终没有卸下对小资产阶级的戒备和敌意。这一态度并非出自一个革命者的信念，而是源于一个农民积郁已久的憎恨。从那以后的几年，我一直忍不住琢磨朋友们的钱到底是从哪里来的，也不禁猜忌他们当中的某一个是否早已夺走了我的姑娘的初夜。

十六年来，我既不信任富人，又为了活得像个富人而努力工作赚钱，以享受金钱带来的便利和风光优雅的生活。在这段时间里，我驾驭了很多匹生活中的"野马"。我记得其中一些马的名字：扎破的骄傲、挫败的期望、言而无信、飞扬跋扈、沉重一击、永不再犯……

不久，二十五岁离我而去，紧接着便是三十五岁，其间竟然没有发生一件顺心如意的事。这么多年来，我不记得有过一刻沮丧的时光。我目睹了诚实正直的人深陷抑郁，寻死觅活——他们中的一些人自暴自弃，早早结束了生命，还有一些人改头换面，取得了比我更大的成就。即使当我在人生戏台上丑态百出时，我也未曾一蹶不振到自我厌恶的地步。正如关节炎与关节僵硬截然不同一样，困难与沮丧各有各的缘故，但两者之间并不存在什么必然的联系。

去年春天，当一片新天空的云朵遮蔽了太阳，我起初还没有联想到十五年前和二十年前发生的事情。渐渐地，两者的相似之处显露而出——过度伸展的翅膀，两头都在燃烧的蜡烛；我就像一个存款透支的人，调用我无法动用的物质资源。就冲击力而言，这一击比前两击来得更加猛烈，但就性质而言，它们都是一类。我感觉自己站在暮色中空无一人的靶场上，手里拿着一支没有子弹的步枪，但所有的靶标都已被击倒在地。毫无缘由，全无道理。除了我的呼吸声，只剩一片真空般的寂静。

在悄无声息之际，我肩负的所有责任都被一一卸下，我持有的所有价值观都被摔得稀碎。对秩序的炙热信仰、不顾前因后果地猜忌揣测、坚信凭借手艺和勤奋足以在任何地方立足……一个接一个，这样或那样的信念皆被一扫而空。成年之后，我一度认为小说是既强大又灵活的媒介，能将思想和情感从一个人传递给另一个人，如今，小说正逐渐屈从于一种僵化呆板的公共艺术。无论是好莱坞商业写手，还是苏联理想主义作家，他们的小说都只能反映最陈词滥调的思想和最浅薄干瘪的情感。小说这门文字艺术不仅已经沦为影像艺术的附庸，而且其特色也在避无可避的低档合作中消磨殆尽。早在1930年，我就预感到有声电影会导致最畅销的小说像无声电影一样过时。人们仍会阅读，哪怕只是读大学教授们每月推荐的畅销书；好奇的孩子们也会在杂货店的图书角翻看知名人物推荐的读物。然而，当我眼睁睁看着文字的力量屈居于另一种华而不实、粗制滥造的力量之下，一种羞辱感在我的心头萦绕良久，几乎成了一种执念。

我之所以举这个例子，是因为这一执念在漫漫长夜里纠缠着我。我对此既不能接受，也无力反抗。正如连锁超市拖垮了小商贩，一股不可战胜的外部力量同样在戕害文学，我付出的努力也因此付诸东流。写到这里，我有了一种正在演讲的感觉，不禁瞥了一眼桌上的表，看看还剩几分钟。好吧，我承认我写不下去了，困在了沉默的"枯竭期"。我不得不采取没有人会愿意采取的措施——逼迫自己继续思考。天哪，太难了！就像驮着好几个大箱子偷偷摸摸前行。在疲惫不堪的前半程里，我怀疑自己是否真的思考过。过了许久，我得出以下结论：

（1）除了写作外，我几乎从不思考其他东西。二十年来，我的良师益友一直只有一个人选——埃德蒙·威尔逊。

（2）还有一个人代表了我对"美好生活"的理解。十年来，我只见过他一次。自那之后，他有一次差点儿被绞死。现在，他在西北部做皮草生意。他不愿意自己的名字出现在这篇文章里。每当遇到困境，我都会试着思考：如果是他会怎么想，又会怎么做。

（3）第三个人是我的同龄人，更是我艺术上的知己。与他相处时，他那可怕的吸引力会将我不断拉向他。我没有模仿他那极具"流行性"的风格，因为在他发表作品之前，我早已形成了自己的风格。

（4）当我在交际圈左右逢源、广结人脉之时，第四个人前来教导我如何支配所有的人际关系，以及如何能让我的朋友们感到开心（波斯特夫人的社交理论完全与之相反，她主张通过一些粗俗的行径让人们难堪至极）。然而，我常常因为他的教导而感到困惑，甚至想为此借酒浇愁，一醉方休。不过，这家伙对我的这套把戏早已屡见不鲜，于是通过一番精辟的剖析就打消了我的念头。对我来说，没有什么比他的良言更有益了。

（5）十年来，我几乎毫无政治头脑可言；如果有的话，也仅仅沦为写作的一种讽刺元素。当我再次关心身处其中的社会体制时，一个比我年轻很多的人带着激情和新鲜的空气，为我捎来了政治气象。

因此，除了无尽的创作之外，我似乎一无所有。构建自尊的基础已然塌陷，这个世界再也没有一个"我"了。丧失自我的感觉非常奇怪。我就像一个被独自留在大房子里的小男孩，明知道现在可以胡作非为，却发现自己什么事也不想做。

（桌上的钟表已转过一小时，而我刚刚写到正题。我对这篇文章是否会引起大众的兴趣心存疑虑。如果有读者想要读到更多的内容，我这里还能继续往后写下去，编辑届时会告诉我情况。如果你已经受够了我的文章，不妨直说。不过，请不要太大声，因为我感觉有人正在一旁酣睡呢。我不确定那人是谁，我能确定他既不是列宁，也不是上帝，但他能帮我保住我营生的小摊位。）

本篇刊登于《君子》杂志

1936年4月

我失落的城市

破晓时分，一艘渡船从泽西海岸缓缓地驶来。从那一刻起，我对纽约的第一个印象便逐渐清晰起来。五年后，我十五岁时，特意从学校进城看《贵格会女孩》中的艾娜·克莱尔与《忧郁男孩》中的格特鲁德·布莱恩。我对这两位女演员的单恋到了无可救药、黯然伤神的地步。我无法在她们之间做出选择，久而久之，她们俩在朦胧中合二为一，构成了我心爱的现实——女孩——这是我对纽约的第二个印象。渡船代表胜利，女孩则代表浪漫。随着时间的推移，我或多或少地拥有了这两者。还有第三个印象，我在某个地方遗失了，永远地遗失了。

　　又过了五年，我在四月一个阴沉的下午找回了它。

　　"嘿，邦尼！"我疾声呼喊，"邦尼！"

　　他没听见我在叫他的名字。接着，我的出租车司机跟丢了他。直到驶出半个街区外，我才重新看到他的身影。

雨水将人行道淋得湿迹斑斑。我望见他迈着轻快的步伐在人群中穿梭。他还是穿着那件他心爱的咖色外衣，外面套了一件褐色雨衣。让我大吃一惊的是，他的手里竟然拿着一根手杖。

"邦尼！"这次，我只大喊了一声，就没再继续喊了。当我还在普林斯顿大学读书时，他就已经是一位"纽约客"了。午后漫步是他的日常活动之一，但这次他不得不拄着手杖在越下越大的雨中匆匆前行。既然我不打算叫住他，和他好好聊上一个小时，那么突然的招呼对他来说恐怕是一种打扰，毕竟他正全身心投入自己的私人行程中。但出租车跟上了他的速度，我在继续观摩他的过程中，留下了深刻的印象：他不再是霍尔德球场上那个害羞的学者了，他始终直视着前方，一边迈出自信满满的步伐，一边沉浸在思绪中。显然，他在这片新天地如鱼得水。我知道他和另外三个男人住在一间公寓里。现在，他早已经从针对大学生的禁忌中挣脱而出，他显然受到了某种滋养。后来，我才第一次见识到那滋养的源泉——大都会精神。

在此之前，我看到的只是供人观赏的纽约——我觉得自己既像从乡下来的迪克·惠廷顿，目瞪口呆地望着训练有素的大熊；又像一个来到巴黎的农村小子，被各式各样的林荫大道迷得晕头转向。虽然我过去来纽约只是为了看几场演出，但不论是伍尔沃斯摩天大楼和马车比赛标志的设计师，还是音乐喜剧和社会问题剧的制作人，恐怕找不到比我更具鉴赏力的观众了。这是因为在我的眼里，纽约的风格和光彩已然超过了这座城市本身的价值。不过，我没有接受过任何一封塞在大学邮箱里的匿名社交舞会邀请函。我猜，这可能是因为没有任何现实的场景能敌得过我在心中描绘的熠熠生辉的纽约。更何况，我自以为有一个"心上人"，她是一个中西部人。于是，遥远的中西部成了这个世界上最温暖的中心。这样看来，我眼中的纽约其实是愤世嫉俗和铁石心肠的。有一天晚上除外——那是我的心上人在纽约短暂停留的一晚，她为纽约丽兹酒店的屋顶平添了一抹光彩。

最近，我的心里已经没有了她的位置。我一心想进入男人的世界。在这次见到邦尼之后，我确信纽约就是这样的世界。一周前，费伊牧师带我去了拉斐特饭店。我们面前摆满了色香味俱佳的开胃前菜。我们一边品酒，一边吃菜，就像邦尼的那根手杖一样意气风发。毕竟这只是一家饭店，酒足饭饱之后，我们还要开车过桥，回到内陆。过去，大学生喜欢在诸如巴斯塔诺比、尚利、杰克的夜总会里花天酒地、醉生梦死，如今那些地方已经变得有些恐怖。尽管如此，唉，我还是时常回到纽约，在酒精的迷雾中穿行，每一次都觉得自己辜负了对理想主义的执着信念。我的自投罗网与其说是纵情欢愉，不如说是淫思作祟。老实说，那些日子几乎没有给我留下什么愉快的回忆。正如欧内斯特·海明威曾经说过的那样，歌舞厅存在的唯一目的就是让单身的男人找到殷勤的女人。除此之外，其他人只不过是在乌烟瘴气中浪费时间罢了。

那天晚上，在邦尼的公寓里，生活是温馨而安稳的。我在普林斯顿所热爱的一切，都在那里得到了更纯净的升华。在双簧管轻柔的伴奏下，城市街道上的嘈杂声需要费力地穿过由书堆搭建的层层堡垒，才能进入房间。唯一不和谐的音符是有人撕开请柬时的那声脆响。我在这里拾得对纽约的第三个印象。我开始打听租下这样一套公寓的金额，四处寻找志同道合的朋友和我一起合租。

希望渺茫——在接下来的两年里，我就像一个无法剪裁囚服的罪犯一样，无力掌控自己的命运。当我在1919年回到纽约时，我被自己的生活搅得简直不可开交，根本不敢奢求自己能在华盛顿广场附近租一间房子，过上悠闲的隐修生活。我当时的目标是在广告业挣够钱，然后在布朗克斯租下一套小到令人窒息的双人公寓。我的心上人从没来过纽约，她聪明伶俐，但一直不愿意来纽约看看。在焦虑和苦恼的阴霾中，我度过了一生中最多愁善感的四个月。

纽约拥有创世之初所有城市的斑斓色彩。凯旋的军队在第五大道上齐整地行进着，女孩们不约而同地从东面和北面而来，迎接国家的英雄们。这是世界上最伟大的民族，空气中弥漫着欢庆的氛围。周六下午，我有时会像幽灵一样游荡在广场饭店的红厅，有时会去参加东六十区酒精弥漫的花园派对，有时会在比尔特莫酒吧与普林斯顿人一同畅饮。即使这样，我也无法摆脱我另一面的生活——我在布朗克斯郊区的邋遢小屋，我在地铁上驻足的方寸之地，还有那封我一直在苦苦等待的信。它会从亚拉巴马寄出吗？上面会写些什么？我穿着褴褛的西装，过着贫寒的生活，爱情也遥不可及。我的朋友们过着越来越体面的生活，我却拖着瘦弱的身躯，拼尽全力在人海中打拼。在二十岁夜总会里，阔气少爷们簇拥在著名女演员康斯坦斯·贝内特的身边；在耶鲁大学和普林斯顿大学的俱乐部里，学生们为我们战后的第一次聚会而欢呼雀跃；在百万富翁家里，我时常感受到一种特殊的氛围。尽管这些活动给我留下了深刻的印象，但我认为它们华而不实、空洞无物。我为此而后悔自己在这样的社交中浪费时间。无论是最欢闹的午宴，还是最迷幻的歌舞表演，于我而言都是一回事。活动一结束，我就得急匆匆地赶回位于克莱蒙特大道的家。之所以称之为"家"，是因为门外很可能有一封信正等着我。我当初对纽约的美好愿景一个接一个地溃烂了。我在格林尼治村和一个邋遢的女房东见过面后，就连记忆中邦尼公寓的魅力也消散殆尽了。她告诉我，我可以带女孩回房间。这个建议让我感到诧异。我为什么要带女孩来我的房间？我明明有一个心上人了。有时，我在127街闲逛，对这里的生机勃勃感到不满。有时，我在格雷杂货店买张便宜的戏票，试着在接下来的几个小时里，沉浸在旧时对百老汇的热忱中。我是一个彻头彻尾的失败者，不仅在广告业碌碌无为，也没有当作家的路子。我厌恶这座城市，我咆哮着、哭泣着，喝得只剩最后一美分，然后回家……

真是一个令人捉摸不透的城市。随后发生的事情只是那段浮华岁月里千百个成功故事中的一个，但这件事在我的纽约印象里占据着重要的戏份。半年后，当我回到纽约时，编辑和出版商的办公室向我敞开了大门，剧院经理们向我讨要剧本，电影从业者们渴望从我这里获得银幕素材。让我迷惑不解的是，我之所以突然被纽约接纳，并不是因为我是一个中西部人，更不是因为我是一个超然的旁观者，而是因为我是纽约想要的原型人物。如果想把这件事解释清楚，需要从1920年的大都市开始谈起。

当时的纽约早已是个摩登都市，像如今一样林立着许多白色高楼，也早已经有了经济繁荣时期紧张匆忙的景象，但当时的人们大多拙于言辞。专栏作家富兰克林·皮尔斯·亚当斯揣摩到了群体的脉搏，但他和其他所有人一样羞于表达，写出的文章犹如躲在窗户后面偷瞄一样腼腆。当时，社会和本土艺术还没有交融在一起——大音乐家欧文·伯林也没有和电报公司总裁之女埃伦·麦凯结婚。漫画家彼得·阿诺笔下的许多角色对1920年的市民来说毫无意义。除了富兰克林·皮尔斯·亚当斯的专栏外，没有人讨论大都市的风格。

不久，"年青一代"这一概念横空出世，囊括了纽约生活的诸多元素。也许，五十来岁的中年人自以为那个士绅阶层仍然存在；也许，小说家马克斯韦尔·博登海姆自以为那个波希米亚的社交圈仍然值得付诸笔墨。然而，从那时起，各种明亮、欢快、活跃的元素开始交融在一起，一个比艾米丽·普莱斯·波斯特的红木大桌晚宴还要热闹的社交圈诞生了。如果说这个社交圈发明了鸡尾酒派对，那么公园大道成功人士的品位也因此得到了提升。受过良好教育的欧洲人开始对纽约改观，认为比起在澳大利亚的丛林里长途跋涉，纽约之旅有趣得多。

　　我对纽约的了解比一个刚刚实习六个月的记者还要少，对纽约社交圈的了解远不如丽兹酒店的大堂服务员。就是这样，我直接被推上了这个位置，不仅成了时代的代言人，而且成了这一时代的典型人物。甚至没有一个人来验证一下我是否能胜任这样一个角色。我，或者我应该改口称"我们"，实际上并不知道纽约对我们有什么期望，并且为此感到彷徨失措。在我们踏上"大都会号"冒险之旅后的几个月里，我们几乎不知道自己是谁了，也不知道自己沦为何物了。跳入一个市政中心的喷泉里，在不经意中触犯法律，就足以让我们登上八卦专栏。除此之外，我们还经常被各种我们完全不了解的话题所引用。实际上，我们的交际圈只有六个单身的大学生和几个文学界的泛泛之交。还记得有一年的圣诞节格外冷清孤单，我们在城里没有一个朋友，也不知道能到谁家做客。我们无依无靠，只能互相依赖。渐渐地，我们被磨平了棱角，原本天不怕地不怕的性格消融在纽约的当代社会中。或者更准确地说，纽约遗忘了我们，也接纳了我们。

我想描述的并非纽约的变迁，而是我对这座城市在情感上的变化。在迷茫的1920年，我记得我曾在一个炎热的周日晚上，坐在一辆出租车的顶上，行进在空无一人的第五大道上；我记得我在丽兹酒店凉爽的日式花园里，与忧郁的凯·劳雷尔、戏剧评论家乔治·让·内森共进午餐；我记得整夜整夜地写作；我记得小公寓的租金贵得要命；我还记得我只能买得起故障的豪华汽车。酒后踉踉跄跄的时代已经过去了，第一批地下酒吧在禁酒时期悄然而生。蒙马特成了时髦的跳舞之地，女演员莉莲·塔斯曼的金发在一群醉醺醺的男大学生中间穿梭。当时的戏剧有《落魄》和《神圣与世俗之爱》。在《午夜嬉戏》的演出现场，你可以和女明星玛丽恩·戴维斯并肩共舞，也许还能在少女歌舞团中结识活泼可爱的玛丽·海伊。我们以为我们离这一切很远，也许，每个人都认为自己与环境格格不入。我们觉得自己就像年幼的孩子，冲进了一个宽敞明亮、空无一人的大谷仓里。我们被召集到大卫·格里菲斯在长岛的电影工作室，我们一边观看《一个国家的诞生》

里的熟悉面孔，一边浑身战栗不止。后来，我认识到，这座城市在表面上向全国提供了种类繁多的娱乐活动，本质上制造了一大群迷失和孤独的人。我们的世界就像电影演员的世界，因为我们虽然身处纽约，却从来都不属于这里。我们感受不到纽约内在的气息，仿佛这座城市的内在空空如也。第一次见到女影星多萝西·吉许时，我的脑海里浮现出这样一幅画面：我和她一起伫立在飘雪的北极。从那以后，大家渐渐组建了自己的家庭，只是这个家不一定在纽约。

当我们百无聊赖的时候，我们会像法国颓废派作家于斯曼那样，怪诞不羁地看待这座城市。我们在"公寓"里独自度过了一个下午，吃着橄榄三明治，喝上一两杯布什米尔威士忌，然后出门走进这座迷人眼目的城市，在温柔的夜色下坐在出租车上，在间歇的摇摆中经过一道道陌生的门和一栋栋陌生的公寓。最终，我们与纽约合而为一，牵拉着这座城市，穿过每一道豪华的入口。即使是现在，当我走进一间间公寓时，也感觉自己以前不是来过那里，就是曾暂住在上一层或下一层的某个房间里。是我在丑闻俱乐部中赤身裸体的那一夜吗？还是"菲茨杰拉德在人间天堂袭击警察"（第二天清晨在报纸上读到这一标题让我大吃一惊）的那一晚？我没有自证清白的造诣，只得闷头苦想那天在瓦布斯特音乐厅，究竟发生了什么才导致了这一结局，却徒劳无果。最后，我只回想起那时的一个下午，我在紫红色和玫瑰色的天空下，乘坐出租车在高楼大厦之间穿行。我开始号啕大哭，因为我已经拥有了我想要的一切，因为我知道我再也不会像过去那样快乐了。

在孩子即将出生前，我们考虑到让孩子在这一魅力与孤独共生的地方长大似乎不太合适。为了以防万一，我们回到了圣保罗的老家。这是纽约动荡不安生活的一个缩影。不过，一年后，我们又回来了，重操旧业，但内心的厌恶愈演愈烈。我们虽然历尽沧桑，但一直保留着一种做戏般的天真无邪，情愿供人观察，也不愿主动观察他人。但天真本身并不是终点。随着时间的推移，我们的心智不得不走向成熟，开始以完整的视角审视纽约，并在成为那个避无可避的自我之前尽力保留一些天真。

一切都太迟了，或者说一切都太快了。对我们来说，这座城市不可避免地与酒神联系在一起，或温和，或美妙。我们只能在返回长岛时找回清醒，但并非总能成功。迎合这座城市对我们来说没有任何好处。现在，我对纽约的第一个印象已经变为了记忆，因为我明白了成功在于自己。第二个印象已经变得食之无味，因为1913年让我魂牵梦绕的两位女演员早已来到我们的家共进晚餐。第三个印象也变得黯淡无光，这让我满心惊惧。我害怕在这个节奏越发加快的城市里，再也找不回邦尼公寓里的那种宁静。邦尼也结婚了，快要当爸爸了，其他的朋友都赶赴欧洲。单身汉成为一股新生力量，他们在比我们面积更大，也更容易交际的洋房里应酬着。这时的我们"谁都认识"，这句话的意思是，漫画家拉尔夫·巴顿会把他们画成首演之夜管弦乐队中的一员。

现在的我们已经微不足道了。我先前因为写了几本摩登女郎的小说而渐受欢迎，但到了1923年，这些女郎已经过时了（至少在东部是这样）。于是，我决定创作一部戏剧，希望在百老汇一炮而红。但百老汇一心想挖掘大西洋城的题材，提前打翻了我的一盘好棋。事已至此，我一时觉得我和这座城市再也无法给予对方什么了。我想屏住一口长岛亲切的空气，再到陌生的天空下倾吐成形。

再见纽约已经是三年后的事情了。当船在河上滑行时，这座城市在暮色中轰隆隆地向我们接近——纽约下城的白色冰川俯冲而下，就像一根桥的缆线，一路飞升到纽约上城。星星就像把河上的泡沫悬浮在了夜空中，一起发出了朦胧的光芒。这一幕无疑是一幅奇观。甲板上的乐队开始演奏起来，但音乐在城市的壮丽下也黯然失色，沦为一种叮当作响的杂音。从那一刻起，我意识到无论我离开过多少次，纽约始终是我的家。

这座城市的节奏发生了显著的变化。经济的飞速发展彻底打消了1920年迟疑不定的氛围，我们的许多朋友都成了有钱人。然而，1927年的纽约越发躁动，甚至到了歇斯底里的地步。派对规模更加庞大，其中康泰纳仕集团的派对甚至能与九十年代的传奇舞会相媲美。纽约为了满足人们对纵情欢愉的追求，快速筹办了形形色色的娱乐活动，这为巴黎提供了一个可借鉴的榜样。演出的题材更露骨，建筑更高耸，道德更放纵，酒水更便宜，但所有这些好处并没有带来多大的快乐。年轻人早早就耗尽了自己的活力——他们才二十一岁，就已经在困苦中没精打采，除了漫画家彼得·阿诺，没人做出什么新颖的贡献。也许，彼得·阿诺和他的搭档道出了纽约繁荣时期的爵士乐队未能诉说的一切。许多人即使不酗酒，一周中的四天也都在抽大麻。大街上随处可见亢奋躁动的神经，小团体越来越多。宿醉就像西班牙人午睡的习惯一样，俨然成了日常生活中的一部分。我的大多数朋友都过度饮酒——他们越是跟上时代的节奏，就喝得越多。因此，在纽约的那些日子里，与纽约给人的甜头相比，努力工作根本是毫无尊严可言的。人们常用一句话来贬损努力的价值：成功的节目都是一场喧嚣——而我正身处文学的喧嚣中。

我们在离纽约几小时车程的地方安顿下来。我发现每次来到这座城市，各种错综复杂的事情都会向我袭来。短短几天后，在驶向特拉华州的火车上，我就感到有些身心俱疲了。这座城市的每一寸土地都弥漫着毒气。每当我在夜幕降临时驾车南下，穿过中央公园时，看到59街的霓虹径直射进对面的树林里，总能体会到片刻极致的宁静。我失落的城市又出现了，它的神秘和承诺沁人心脾。但这种超脱感并没有持续太久——正如劳动者不得不寄生在城市的肚子里，我也被迫生活在城市混乱的大脑中。

如今，地下酒吧遍地开花。起初，豪华酒吧出现在耶鲁大学和普林斯顿大学校园的报刊广告区。接着是啤酒花园，那里总会埋伏着黑社会的狰狞面目，盯着你享受这项德国传统的娱乐活动。接着，风向转到了更陌生、更险恶的地方，在那里，你被一群面如死灰的男孩盯着，没有任何欢乐可言，只有一种野蛮的氛围，将你刚刚开始的一天毁于一旦。早在1920年，我就曾提议在午餐前喝杯鸡尾酒。当时，我的这番话让一位刚刚崭露头角的年轻商人大为震惊。但在九年后，市中心一半的办公室里都有烈酒，一半的大厦下面都有地下酒吧。

地下酒吧和公园大道越来越引起人们的重视。在过去的十年里，格林尼治村、华盛顿广场、默里山、第五大道的城堡要么凭空消失了，要么丧失了当初的生气。这座城市里塞满了蛋糕和马戏团，显得臃肿、空洞、愚钝。当一栋栋超级摩天大楼接二连三地宣布竣工后，一句新流行的口头禅"哦，是吗？"足以敷衍地囊括人们对此的全部热情。我的理发师在赌场赢了50万美元后提前退休了。这让我意识到，那些平日里向我鞠躬的服务员比我富有得多。多没意思啊！我又一次受够了纽约。于是，我回到船上，在永不打烊的酒吧里狂欢，一路向法国的豪华酒店驶去。

"纽约那边有什么新闻吗？"

"股票上涨。一个孩子杀了一个流氓。"

"还有别的吗？"

"没了，大街上的广播吵个不停。"

我曾经以为美国生活不会有第二幕，但纽约的繁荣肯定会有第二幕。现在，我们在北非的某个地方，一声沉闷的巨响突然从远处传来，在最遥远的荒漠上回荡。

"什么声音？"

"你听到了吗？"

"这没什么。"

"你觉得我们应该回家看看吗？"

"不——别大惊小怪了。"

　　两年后的一个深秋，我们又回到了纽约。彬彬有礼的海关人员带着好奇的目光打量着我们。我低着头，手里拿着帽子，虔诚地走过这片不断发出回响的墓地。在废墟中，几个孩子的幽灵还在玩耍，营造出他们还活着的假象。轻薄的面具遮不住他们那狂躁的声音和潮热的脸颊。鸡尾酒会是狂欢时代残存的空洞活动，回响着伤者的哀叹："开枪吧，看在上帝的分儿上，来个人杀了我吧！"垂死之人也在呻吟和号啕："你看到美国钢铁公司又往下跌了三个点吗？"我的理发师回到店里上班了，服务员再一次向进店的客人鞠躬。帝国大厦从废墟中拔地而起，就像狮身人面像一样，孤独而又令人费解。我决定遵循我个人的告别传统：爬上广场饭店的顶层，放眼望向最远处，最后和这座美丽的城市说再见。这一次，我选择登上那栋刚刚竣工的最为雄伟壮观的大厦。之后，我豁然开朗——一切都说得通了：这个城市最大的错误就在于亲手打开了自己的潘多拉魔盒。这位纽约客高傲自满地爬上这里，却沮丧地看到了过去从未怀疑过的景象：这座城市并不像他想象的那样拥有连绵不绝的万壑群山，而是处处都有边界。他从这栋最高的建筑物上，第一次看到这座城市的轮廓渐渐模糊在四面八方的旷野里，只有那片绿色和蓝色才是真正无边无界的。他在惊恐中意识到纽约只是一座城市，而不是一个宇宙后，那座在想象中建造的璀璨夺目的大厦轰然坍塌。这就是纽约州长阿尔弗雷德·史密斯为纽约市民草率挑选的一份礼物。

清晨，我正式与我所失落的城市告别。从渡船上望去，纽约已经不再低语着意想不到的成功和永生永世的青春。那些在空荡荡的剧院里欢呼雀跃的爵士舞女，再也不会让我回想起1914年我的梦中女孩们那无法言喻的美丽。至于邦尼，那个曾经在狂欢节上潇洒挥舞手杖的他如今成了一名共产主义者，正在为南方工人和西部农民遭受的不公而愤愤不平。而在十五年前，这些工农的声音甚至无法穿透邦尼书房的墙壁。

除了记忆，一切都失落了，但有时我会想象自己兴致勃勃地捧起1945年的《每日新闻》：

一个五十来岁的男人在纽约横行霸道

菲茨杰拉德因与多名女子共筑爱巢而遭愤怒枪杀

　　也许，有一天我注定要回来，在这座城市里寻觅我曾在新闻中读到的体验。此时此刻，我只能大声呼喊，为那失落而辉煌的海市蜃楼。回来吧，回来吧，我那闪闪发光的纯洁的梦！

　　　　　　　　　　　本篇写于1932年7月

　　　　　　　　　　　在菲茨杰拉德死后才发表

图书在版编目（CIP）数据

　　一个作家的午后 /（美）菲茨杰拉德著；汪畅译
. — 北京：北京联合出版公司，2024.10
　　ISBN 978-7-5596-7628-3

　　Ⅰ. ①一… Ⅱ. ①菲… ②汪… Ⅲ. ①长篇小说—美
国—现代 Ⅳ. ①I712.45

　　中国国家版本馆CIP数据核字（2024）第096979号

一个作家的午后

作　　者：[美] 菲茨杰拉德
译　　者：汪　畅
出 品 人：赵红仕
责任编辑：孙志文

- -

北京联合出版公司出版
（北京市西城区德外大街 83 号楼 9 层　 100088）
北京联合天畅文化传播公司发行
北京美图印务有限公司印刷　新华书店经销
字数 146 千字　787 毫米 × 1092 毫米　1 / 32　9.125 印张
2024 年 10 月第 1 版　2024 年 10 月第 1 次印刷
ISBN 978-7-5596-7628-3
定价：48.00 元

- -